초인의 게임 2

니콜로 장편소설

초판 1쇄 찍은 날 § 2018년 10월 24일
초판 1쇄 펴낸 날 § 2018년 10월 31일

지은이 § 니콜로
펴낸이 § 서경석

총괄팀장 § 최하나
편집책임 § 김경민
편집 § 최광훈

펴낸곳 § 도서출판 청어람
등록번호 § 제387-1999-000006호
등록일자 § 1999. 5. 31
어람번호 § 제1-2964호

주소 § 경기도 부천시 부일로 483번길 40 서경B/D 3F (우) 14640
전화 § 032-656-4452 팩스 § 032-656-4453
http://www.chungeoram.com
E-mail § chungeorambook@daum.net

ISBN 979-11-04-91848-3 04810
ISBN 979-11-04-91846-9 (세트)

니콜로 장편소설

2

초안의 게임

FUSION FANTASTIC STORY

초안의 게임

◈ Contents ◈

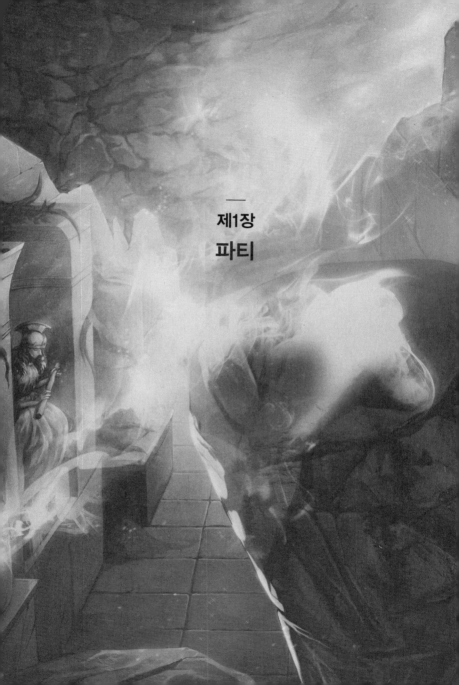

제1장
파티

"웬일로 안 한다는 말은 안 하네."

인터뷰가 끝나고 백제호가 툭 말했다.

서문엽은 뚱한 표정으로 말했다.

"너 때문이지."

"나?"

"넌 왜 적성에도 안 맞는 지도자 노릇을 하려고 들었어?"

"내가 하려 들었던 게 아니야."

백제호는 겸연쩍어하며 변명을 했다.

실은 그도 감독직을 맡고서 계속 후회 중이었다.

현역 시절 자신은 서문엽의 충실한 수족 같은 포지션이었다.

감독에 어울리는 사람은 서문엽이지 자신은 아니었다.

'그래도 옆에서 보고 들은 게 있으니 어찌어찌 해나갈 수 있을 거라고 생각했는데, 생각보다 어려웠지.'

7영웅 동료 엠레 카사도 서문엽에게서 영감을 받아 명감독이 되지 않았던가.

3년 차 서당 개도 풍월을 읊는데, 서문엽 측근 11년 차면 감독 정도는 해도 된다고 생각했다.

백제호로서도 억울한 부분은 있었다.

그는 감독으로서 무능한 편은 아니었다.

다만 한국 대표 팀의 현실이 웬만한 베테랑 감독도 극복하기 어려운 수준이었을 뿐이었다.

서문엽이 말했다.

"오늘 직접 싸워보니 알겠더라. 엘리트 교육을 받은 쟤들도 이따위이니, 이 나라에 기술을 잘 가르칠 지도자가 없는 거야."

기술 능력치를 재능의 한계까지 다 채운 놈이 하나도 없는 게 이를 증명했다.

"그래서 네가 기술 코치 해주겠다고?"

"돈만 확실히 준다면야 그 정도는 해줄 수 있지. 이것도 네가 감독이니까 도와주는 거야."

'더럽게 비싸게 구네.'

백제호는 속으로 구시렁거렸다.

근데 생각해 보면 실제로도 비싼 녀석이긴 했다.

선수 대기실.

다른 선수들은 이미 다 떠난 가운데, 두 사람은 무장을 해제하고 옷을 갈아입으며 대화를 나눴다.

"일단 내가 몇 마디 조언을 좀 해줄 테니, 시키는 대로 해보고 성과를 보자고."

"좋아, 듣고 있어."

"일단 최혁을 대표 팀에 뽑아."

최혁.

오늘 뜬금없이 탱커 노릇을 해야 했던 쌍성 스피리츠의 주전 딜러였다.

"그거 진심이었어?"

"그럼 내가 누구 하나 괴롭히려고 일부러 그랬겠냐?"

백제호는 '응'이라고 대답할 뻔했다.

"탱커로 기용하고 본격적으로 근력 훈련시켜."

"최혁이 따를까? 지금까지 근접 딜러로 선수 생활 잘해왔는데."

"그따위 실력 갖고 잘해왔다는 소리가 나와? 싫으면 안 뽑겠다고 해."

서문엽의 눈높이에서는 대부분의 선수가 쓰레기였다.

"좋아, 한 번 제의해 보지. 또 다른 건?"

"그 협회 부회장 아들이라는 놈 빼."

"심영수? 곤란한데."

"왜? 협회 부회장 눈치 보냐?"

"내가 눈치를 왜 봐? 그럴 바엔 감독 안 하지."

백제호가 억울하다는 듯이 항변했다.

확실히 감독직을 때려치우려 했을 때도 협회에서 매달렸던 그였다.

"스펙상으로 영수를 뺄 근거가 부족해."

"정신력이 애새끼 수준인데 데리고 뭐 하게? 1, 2세트 말아먹는 데 크게 일조한 거 못 봤냐?"

"끄응, 초능력이 너무 아까운데."

폭발 구체와 속박, 그리고 대표 팀 내 최고의 오러양.

기록상으로만 보면 원거리 딜러의 핵심으로 삼을 만한 심영수였다.

"하여간 멘탈 키우기 전에는 안 돼."

정신력 26이면 일반인만 못한 수치였다.

일반인의 정신력 평균이 40 정도이고, 초인은 60 정도.

26이면 일반인만도 못한 수준이었다.

죽음을 가상 체험해야 하는 폭력적인 팀플레이 스포츠에서 그런 멘탈은 독이었다.

"그럼 심영수를 빼고 그 자리에 최혁이 들어가는 건가."

"그렇지. 최혁은 근력 트레이닝만 집중적으로 시키면 수개월 안에 성과 나온다. 형아 말 틀린 적 없는 거 알지?"

"…그건 아는데."

"아, 채우현도 있었구나."

백제호는 깜짝 놀라 소리쳤다.

"뭐? 채우현은 진짜 빼면 안 돼!"

"왜 호들갑이야. 사랑 팀에서 유일하게 사람다운 놈이었는데 왜 빼?"

"휴."

백제호는 안도했다.

채우현은 실력부터 멘탈까지 두루 준수한 대표 팀의 기둥이었다. 채우현이 없으면 팀워크가 성립되지 않았다.

"우현이는 왜?"

"걔는 최전방 말고 후방 보조 탱커로 바꿔."

"우현이 초능력이 뭔지 아는 거야?"

백제호가 놀라서 물었다.

서문엽은 고개를 끄덕였다.

"TV로 A매치 봤잖아."

"초능력만 따지면 뒤로 빼는 게 맞긴 하지. 근데 최전방엔 튼튼한 탱커가 필요해."

"있잖아, 최혁."

"…정말 최혁이 그 정도로 재능 있는 거 맞지? 멀쩡한 젊은 애 인생이 걸린 일이야."

"이 새퀴가 이제 내 말을 의심하네."

서문엽이 화를 내려 하자 급히 알겠다고 답한 백제호였다.

"또 없어?"

"왜 없어. 유벽호라는 놈 있지?"

"그래."

순간 가속이라는 초능력을 가졌지만 서문엽에게 한 방에 킬당한 근접 딜러였다.

"초능력으로 스피드를 내긴 하는데 대가리가 몸처럼 빠르진 않잖아."

"…그건 그렇지."

안타깝지만 유벽호의 약점은 한때 세계 최고의 스피드를 가졌던 백제호도 잘 알고 있었다.

"아까 보니까 걔가 가속을 이용해서 내 뒤로 빠르게 달려가더라. 근데 걘 그렇게 쓰면 안 돼. 스피드만 빠르지 밥이야."

"그럼?"

"탱커 곁에 뒀다가 기회를 포착하면 뛰어드는 식으로 가야지. 일본도가 칼집에 꽂혀 있다가 뽑히듯이."

"흐음, 그러면 효과가 더 있을까?"

"걘 가속으로 낸 자기 스피드를 감당 못해. 그러니까 공격은 일격필살로 가야 효과를 봐."

유벽호의 기술 능력치는 70/85였다.

85까지 다 개발되면 순간 가속을 이용하여 더 많은 테크닉을 구사할 수 있을 것이다.

하지만 아직은 부족했다.

본래 자신의 스피드가 아니었기 때문이다.

"일단 오늘 감상은 여기까지야. 나중에 배틀필드 경기를 보게 되면 또 알려줄게."

"그래, 고맙다."

"고맙긴."

서문엽은 씨익 웃으며 말을 이었다.

"협회장 늙은이한테 전해. 날 고용하고 싶다면 연봉 두둑이 준비하라고."

오늘의 조언이 성과를 거둔다면, 협회는 서문엽을 고용하기 위해 막대한 연봉을 써야 할 터였다.

*　　　　*　　　　*

경기가 그렇게 마무리되었고, 그날 저녁 서문엽 일행은 자선 파티에 참가했다.

미리 준비된 의상을 입은 서문엽은 어린애처럼 귀찮음 가득 담긴 표정으로 일행과 함께 연회장에 입장했다.

수익금을 세이브 더 칠드런에 전달하는 행사도 포함된 파티였기 때문에 서문엽이 참가 안 할 수는 없었다.

"삼촌, 저기 보드카 짱 많아."

백하연이 옆에서 소곤거렸다.

"오, 너도 술맛을 좀 아는구나?"

"삼촌이 좋아하는 술이라고 해서 나도 보드카로 술을 배웠지. 이제 다른 술은 음료수 같아서 못 마시겠어."

"정말 훌륭하게 자랐다."

"흐흐."

서문엽은 아저씨처럼 웃는 백하연을 몹시 기특해했다.

백제호는 망나니 친구에게 물들어가는 딸의 모습이 몹시 불만이었지만 꾸욱 참았다.

연회장의 모든 시선이 서문엽에게 집중되었다.

그들 중 상당수가 배틀필드 관계자였기 때문이다.

경기장에 모습을 드러내서 화제를 모은 배틀필드계의 거물들도 서문엽을 보기 위해 기부금을 내고 이 파티에 참석한 상태였다.

"다이아몬드가 나타났다."

턱시도를 멋지게 차려입은 거구의 흑인, 조 펠만이 눈을 빛냈다.

옆에서 늘 따라다니는 미녀 비서가 소곤거렸다.

"바로 계약 의도를 갖고 접근하면 불쾌해하지 않을까요?"

"흠, 역시 그렇겠지?"

"네, 카메라를 향해 손가락 욕설을 날린 걸로 봐서는 불쾌지수가 상당히 높아진 것 같았어요."

수만 관중이 보는 경기장 대형화면을 당당히 중지로 가득

채운 위업은 누구도 생각 못 한 광경이었다.

저래도 아무도 뭐라 할 수 없는 게 신기한 서문엽의 위엄이었다.

"좋아, 천천히 여유를 두고 접근……."

그런데 그때, 당당한 체격의 백인 남성이 선뜻 서문엽에게 다가갔다.

또 다른 거물 에이전트인 제이크 랜드였다.

"미스터 서!"

웃음 지으며 당당하게 접근하는 제이크 랜드.

조 펠만은 또 선수를 빼앗겼다고 원통해했다.

"오랜만이군, 서."

"음? 제이크 랜드 아냐? 되게 오랜만이네. 근데 내 성은 서문이야."

서문엽은 제이크 랜드를 알아봤다.

제이크 랜드는 기뻐했다.

"날 기억하나?"

"몇 달 전에 봤었잖아. 최후의 던전 멤버 선발할 때."

"수많은 불합격자들 중 하나일 뿐이었는데 용케 기억해 주는군."

"댁은 좀 아슬아슬하게 떨어졌어. 아까웠지."

"하하, 고맙군. 하지만 그때 당신이 했던 말이 맞아. 나도 내 한계를 느끼고 있었어."

유럽 던전 공략의 베테랑이자 젊은 초인들의 멘토였던 제이크 랜드.

그는 7영웅에 낄 수 있는 위상을 가진 거물 초인이었지만 아깝게 탈락했다.

그는 나이가 많았고, 서문엽의 평가 기준에 위상 같은 건 아무 소용도 없었다.

그때 5년만 더 젊었더라도 제이크 랜드는 7영웅의 일원으로 명성을 떨쳤을지도 모른다.

"비록 아쉽긴 하지만 지금 내 삶에 만족하고 있어."

"그래? 지금은 뭐 하는데?"

"에이전트. 빅 리그에서 뛰는 수많은 배틀필드 플레이어들이 내 매니지먼트를 받고 있지."

"아하, 잘 어울리네. 그때도 당신 따르는 초인들이 많았었지."

"땡큐, 그런 의미에서 미스터 서문은 어때? 배틀필드에 마음이 있어?"

"당장은 별로. 지금은 쉬고 싶어."

"좋은 대답이군. 아예 하기 싫다는 말은 아니잖아."

"뭐, 오늘 경기를 해보니 생각처럼 꼭 불쾌하진 않았어."

"오케이. 지금은 세상을 구하고 돌아온 지 얼마 안 됐으니 휴식을 취할 때지. 하지만 당신은 계속 빈둥거리며 세월을 보낼 성격이 아니야."

"그걸 어떻게 장담해?"

"원래 노는 것도 놀아본 놈이 잘하거든."

제이크 랜드는 명함을 꺼내 서문엽의 포켓에 넣은 뒤 어깨를 툭 쳤다.

"슬슬 몸이 근질거리면 연락해."

"생각해 보지."

"좋아, 희망을 품고 기다리지."

목적을 달성한 제이크 랜드는 빙글빙글 웃으며 물러났다.

대화가 끝난 후, 옆에서 멍하니 있던 백하연이 서문엽에게 말했다.

"사, 삼촌!"

"응?"

"제이크 랜드랑 무슨 얘기 했어? 아니, 삼촌 영어 할 줄 알았어?"

그랬다.

서문엽은 지금껏 영어로 대화를 나눈 것이다.

"외국 싸돌아다닐 일 많아서 저절로 익혔어."

"헉!"

백하연은 경악했다.

초등학교 중퇴.

13살 때부터 줄곧 던전 생활.

폭행 시비 구설수 다수.

던전 공략에 대한 것만 제외하면 무식하기 짝이 없을 것 같은 서문엽의 의외의 면이었다.

"삼촌, 영어 공부 어떻게 했어? 나도 해외 진출 준비하느라 공부 중인데 너무 어려워."

"공부를 왜 해?"

"웅?!"

"실생활에서 듣고 따라 말하고 하다 보니 절로 익혀지던데. 아기가 공부한 뒤에 말문 트이는 게 아니잖아."

어울리지 않게 머리가 매우 좋은 서문엽.

백하연은 배신감을 느꼈다.

"치사해! 삼촌도 나처럼 공부를 못할 줄 알았는데."

"영어가 힘드니? 우리 하연이, 머리가 돌이구나?"

"크윽!"

백하연이 몹시 분개했지만 반박을 못 했다.

가만히 있던 백제호는 고개를 끄덕였다.

'우리 하연이가 좀 돌머리이긴 했지.'

일찌감치 배틀필드 선수가 되라고 조기 교육을 시켰던 이유가 다 있었던 것이다.

*   *   *

"안녕하십니까, 서문엽 씨."

"영어 가능하시죠?"

작은 키에 빛나는 대머리, 심지어 쌍둥이라 더욱 특이한 형제가 다가와 말을 건넨다.

그들은 왠지 잔뜩 기대 어린 표정들이었다.

"프랑스어도 할 줄 알지."

서문엽은 프랑스어로 대꾸해 주었다.

대머리 쌍둥이, 모로 형제의 눈이 화등잔만 해졌다.

상관없지만 백하연도 기겁했다.

"저희를 아십니까?"

"프랑스의 무기상 모로 형제."

"오오!"

"예전에 신문에서 봤는데 코미디언 콤비처럼 생겨서 기억하지."

코미디언처럼 생겼다는 말에도 모로 형제는 유쾌했다.

"하하, 그런 말 많이 듣습니다."

"어렸을 땐 그 콘셉트로 여자들의 관심을 끌었죠."

"무기상은 폐업했을 테고, 요즘은 뭐 해?"

서문엽이 물었다.

불감청고소원(不敢請固所願)이라, 모로 형제는 그 질문을 몹시 반겼다.

"저희는 파리 뤼미에르 BC를 운영하고 있습니다. 무기상은 서문엽 씨가 나타났을 때 냉큼 접었죠."

"서문엽 씨가 나타났을 때 저희는 느꼈죠. 지저 문명의 종말이 다가왔다고 말입니다."

"BC가 뭐야?"

서문엽은 자신을 찬양하는 듯한 모로 형제의 태도에 떨떠름하면서도 물었다.

"오, 죄송합니다."

"배틀필드 클럽의 약자입니다."

"아하."

서문엽은 옆에 있던 백하연에게 물었다.

"얘들 파리 어쩌고 배틀필드 팀 구단주인가 본데?"

"나도 알아! 삼촌, 이 문어 형제 엄청 유명해."

백하연은 흥분한 표정이 되었다. 파리 뤼미에르 BC는 그녀의 로망이었기 때문이다.

"파리 어쩌고 클럽이 그렇게 큰 팀이냐?"

"파리 뤼미에르, 세계 최고의 팀이야! 나단 베르나흐도 거기 소속이고."

그때, 모로 형제가 눈을 빛내며 끼어들었다.

"한국어는 모르지만 나단 베르나흐가 언급된 것 같은데요?"

"나단 베르나흐를 칭찬하셨다는 이야기를 들었습니다. 우리 나단도 아주 기뻐했죠."

서문엽은 고개를 끄덕였다.

"걔 잘하더라. 제호 전성기 수준으로 빠르던데."

"크으, 칭찬 감사합니다. 제가 유소년 때부터 챙긴 아이라 제 아들 일처럼 기쁘군요."

필립 모로가 감격한 표정이 되었다. 그러면서 은근슬쩍 나단 베르나흐를 키운 자신의 능력을 강조하기도 했다.

서문엽은 얘들 왜 이렇게 텐션이 높나 의아해졌다.

그때 백하연이 작은 목소리로 속삭였다.

"저 문어 형제, 삼촌의 광팬이야. 홈구장에 삼촌 동상을 엄청 거대하게 세우려고까지 했었어."

알고 보니 그것도 꽤 유명한 이야기라고 했다.

형제 중 동생 필립 모로는 유망주 발굴의 귀재로 이름 높았다.

다만 그렇게 발견한 유망주에게 일단 서문엽 스타일을 시키려 든다는 단점이 있었다.

물론 유소년 코치진이 출중한 덕에 그 사심이 충족된 적은 없었다.

"지금까지 수많은 유망주를 발굴해 왔습니다만, 서문엽 씨의 스타일을 소화할 수 있는 선수는 없었습니다. 정말 안타깝고 화도 났습니다."

필립 모로의 말에 장 모로도 맞장구친다.

"하지만 오늘 경기를 보니 납득할 수밖에 없었죠. 탱커, 근접·원거리 딜러 역할을 모두 소화하면서도 동료 활용, 적 간파, 던전 지리 이해도까지!"

"그런 전천후의 천재가 두 번 다시 나올 수 있을 리 없죠. 아무도 서문엽 씨를 흉내 못 내는 게 당연했습니다. 그건 당신만이 소화할 수 있어요."

"고마운데 정신이 하나도 없네. 두 사람인데 마치 한 사람과 얘기하는 것 같아. 혹시 미리 대본이라도 짜온 거 아니지?"

모로 형제는 뭐가 그리 웃긴지 껄껄 웃었다.

"하도 같이 다니다 보니 호흡이 척척 맞죠."

"이제 같이 안 있으면 말을 혼자 해야 해서 피곤해질 정도죠."

합격술처럼 척척 맞는 호흡으로 시너지가 일어나 남들의 2, 3배 말을 많이 하는 특이한 모로 형제였다.

"뭐, 됐어. 어쨌든 너희도 날 영입하고 싶은 거지?"

바로 본론을 꺼내는 서문엽의 돌직구.

모로 형제는 서로를 보더니, 이윽고 필립 모로가 말했다.

"아니요."

"응?"

의외라는 듯 놀란 서문엽.

필립 모로는 그의 옆에 있는 백하연을 가리켰다.

"이 아름다운 마드무아젤에게도 관심이 있습니다."

"잉? 나? 나 왜 가리켜?"

프랑스어를 모르는 백하연은 그저 어안이 벙벙해져서 당황했다.

"널 영입하고 싶다네."

"헉, 영광입니다! 땡큐! 메르시!"

"쉿, 바보 같으니까 그만."

흥분한 조카를 달랜 서문엽은 필립 모로를 날카로운 눈빛으로 쳐다봤다.

"정말 나 들으라고 하는 소리가 아니라, 하연이에게 관심이 있다는 말이지?"

"물론입니다. 선수 본인을 앞에 두고 그런 거짓말은 하지 않습니다."

"어떤 점에서?"

"전부터 백제호의 딸에 한국 대표 팀의 에이스이니 관찰했습니다만, 킬 결정력이 아쉬워서 흥미를 끊었었죠. 애매한 보조 딜러는 필요 없었거든요."

필립 모로가 계속 설명했다.

"하지만 최근에 근접 딜러로 포지션을 바꿨더군요. 부족한 퍼즐 조각이 맞춰진 기분이었습니다. 근력과 실전 검술을 좀 더 가다듬으면 우리 파리 뤼미에르에서도 출전 기회를 얻을 수 있을 겁니다. 초능력 두 가지가 모두 활용성이 높으니까요."

서문엽은 놀라움에 눈이 커졌다.

'꽤 잘 파악했잖아?'

필립 모로의 안목이 정확함을 알게 되니 보다 신뢰가 생졌다.

"물론 거기에 서문엽 씨까지 합류한다면 더더욱 시너지가 나겠죠. 놀라운 스피드를 가진 탱커인 서문엽 씨와 최고의 스피드 스타인 나단, 그리고 순간 이동을 가진 백하연 양까지. 이 삼각편대가 이루어지면 얼마나 대단할까요?"

"삼촌, 삼촌! 뭐라고 하는 거야? 나도 좀 알려줘."

모로 형제의 관심에 조바심이 난 백하연이 옆에서 보챘다.

서문엽은 어깨를 으쓱했다.

"만약 선수를 하게 된다면 그것도 괜찮지. 생각은 해볼게."

"후후, 좋습니다. 참고로 저희는 무기상을 관뒀지만 여전히 최고의 기술력을 가진 무기 공방을 보유하고 있습니다. 3단 우산처럼 버튼 하나에 펼쳐지는 창도 만들어 드리죠."

"오, 그거 괜찮겠군. 뭐, 공짜로 준다면 사양 안 해."

"기대하셔도 좋습니다. 이건 저희 형제의 팬심이니까요."

모로 형제는 계속 이야기를 나누고 싶어 했지만, 슬슬 귀찮아진 서문엽은 그들을 보내 버렸다.

"삼촌, 문어 형제가 나한테 뭐라고 한 거야? 알려줘, 좀!"

"자자, 저기서 보드카나 마시며 얘기하자."

"웅? 보드카 좋지."

백제호가 협회 관계자 등 다른 사람들을 상대할 때, 두 사람은 보드카가 따라진 잔이 산더미처럼 쌓인 곳으로 향했다.

손님 중에 초인도 많았기 때문에 그들을 위한 독한 보드카였다.

"삼촌, 잘 봐라."

백하연은 자랑하듯이 손목을 보여주었다.

손목에는 가느다란 가죽끈을 칭칭 감아놓고 있었다. 빨간색으로 곱게 염색되어서 장식을 겸한 듯했다.

가죽끈이 스르륵 풀리더니 보드카 잔 6개를 동시에 휘감아 들어 올렸다.

그녀가 주로 채찍에 쓰는 로프 초능력을 활용한 것이었다.

"오, 실생활에 쓰기 좋구나."

"흐흐, 그렇지? 나 머리 좋지 않아?"

"그러네. 공부 머리는 돌인데."

"아으, 화낸다?"

서문엽은 술을 마시며 모로 형제에게 들은 제안을 들려주었다.

백하연은 입술을 삐죽 내밀었다.

"삼촌을 원하니까 날 미끼로 쓴 거 아냐?"

"그렇긴 한데 일단 너에 대해 분석한 평가는 아주 정확했어."

"삼촌이 덤으로 오지 않으면 난 프르미에 리그(Premier ligue)에 진출해도 2군 벤치 워머 신세일 거야."

프랑스의 프르미에 리그는 각국 배틀필드 리그 중 실력으로 따졌을 때 첫 번째로 손꼽힌다.

돈은 미국의 메이저리그가 더 벌지만, 프르미에 리그는 배틀필드 선수들의 꿈의 무대나 다름없었다.

하지만 그렇다고 경기에 출전을 못 하고 벤치에만 앉아 있으면 의미가 없었다.

"글쎄, 난 생각이 다른데."

"어떻게?"

"일단 이 나라는 좋은 코치가 없어. 내가 직접 국가 대표라는 애들을 쥐어 패고서 내린 판단이야."

"그건 별수 없어. 지저 전쟁 시절 경험을 쌓은 베테랑 초인들은 다 해외로 떠나 버렸는걸. 그러니 가르쳐 주는 사람도 없지."

당시 초인들의 배틀필드 참여를 금지시킨 정부의 판단이 치명타였다.

해외에서 배틀필드에 출전하면 범죄자가 되므로, 아예 해외 진출과 함께 한국 국적을 버려 버리는 사태가 대거 발생한 것이다.

배틀필드가 초인들을 폭력적으로 만든다는 보수적 판단이 부른 참사로, 당시 대통령의 권위가 지지율과 함께 땅에 떨어져 버린 계기가 됐다.

"그런데 그 파리 뤼미에르 BC는 최고의 코치진이 널 케어해 줄 거야. 날 봐서라도 모로 형제가 네게 신경 써주기도 할 테고."

"흐응, 그건 좋은데."

"그리고 벤치 워머는 되지만, 빡세게 배우면 늦어도 반년 뒤에는 출전 기회가 생길 거야."

"내가 거기서 그렇게 성장할 수 있을까?"

"삼촌 믿어. 삼촌 안목은 틀린 적이 없잖니. 공부만 한 샌님이라 아무도 거들떠보지 않았던 네 아빠를 알아본 게 나야."

그 말에 백하연은 용기를 얻었다.

이미 서문엽의 조언으로 근접 딜러가 되면서 성과도 얻었기 때문에 신뢰할 수 있었다.

"알았어, 삼촌 말대로 할게."

"그래도 불안하다면 내가 좋은 에이전트를 소개해 줄까? 유럽에서 초인들의 멘토였던 좋은 인격자야."

서문엽은 씨익 웃으며 포켓에서 제이크 랜드의 명함을 꺼내 보였다. 백하연도 활짝 웃었다.

그런데 그때였다.

"저기, 말씀은 다 나누셨습니까?"

웬 한국인 중년 남성이 다가와 말을 건넸다.

슈트부터 손목시계까지 모두 고급이라 높은 사회적 지위를 가진 자로 보였는데, 그런 것치고는 매우 조심스러웠다.

"누굽니까?"

서문엽이 물었다.

중년 남성은 명함을 내밀었다.

"청와대 비서관 양민양입니다."

청와대라는 말에 서문엽의 눈빛이 가라앉았다. 정치인에 대한 편견이 많아 표정이 좋을 수 없었다.

"청와대에서 제게 무슨 볼일이라도?"

"예, 서문엽 씨께 좋은 소식을 전해 드리고자 합니다."

상대가 대통령도 하찮게 보는 서문엽이기에 양민양 비서관은 몹시 공손했다.

"뭔데요?"

서문엽은 시큰둥했다. 상대가 청와대면 유독 더 거만해지는 습관이 생겼다.

"초인 공훈자 제도를 아십니까?"

"음? 그거 지저 전쟁 끝나면 공을 세운 초인에게 연금을 지급하겠다고 공수표 남발한 거 아닌가?"

초인들의 던전 공략을 독려하기 위해 정치권에서 언급된 제도였다.

지저 전쟁이 언제 끝날지 모르는 암담한 상황이었기 때문에 당시 초인들은 다들 공수표라고 생각했었다.

양민양 비서관이 말했다.

"공수표가 아닙니다. 지금까지 17년간 시행되어 왔죠."

"그래요?"

"그중 1급에 서문엽 씨와 백제호 씨가 선정됐고, 백제호 씨는 지금껏 매달 1,200만 원씩 연금을 받아오셨죠."

물론 이미 UN이 7영웅에게 엄청난 보상금을 지급했고, 사업가로 성공한 백제호에게는 큰 의미 없는 돈이었을 것이다.

거기까지 생각했다가 서문엽의 눈이 커졌다.

양민양 비서관이 말을 이었다.

"서문엽 씨께서 수령하지 않으신 17년치 연금이 쌓여 있습니다."

사망했다면 지급되지 않는 연금.

하지만 살아 돌아왔으니 다시 지급 대상자가 된 것이다.

"…그래요?"

굳었던 표정이 다소 부드럽게 풀린 서문엽.

"정확히 25억 6천8백만 원입니다. 비과세죠."

세계 배틀필드 협회에서 지급한 보상금 200만 달러에 이어 또다시 터진 돈복이었다.

*　　　*　　　*

세계 협회 관계자, 한국 협회 관계자, 기타 배틀필드 스포츠 관계자 등등.

서문엽은 다양한 사람과 만나 짤막하게나마 인사를 나눠야 했다.

그중에는 미국을 주름잡는 에이전트이자 한국 초인 유출 사태의 주범이었던 조 펠만도 있었다.

조 펠만은 간절한 마음으로 말을 붙여봤지만, 애석하게도 사람을 많이 상대해서 피곤해진 서문엽에게 좋은 반응을 얻지 못해 낙담했다.

그래도 조 펠만은 포기하지 않고 마지막 말을 남겼다.

"당신에게 이 세상은 아직 낯설겠죠. 세계를 구하고 돌아온 대가가 이거라니 맥이 빠질 테고, 인생의 활력소였던 지저 문명도 이제 없죠. 하지만 그런 건 시간이 지나면 해결될 문제들입니다."

"문제?"

"예, 시간이 지나면 정든 장소도, 사람도 다시 생기고, 새로운 삶의 목표도 생길 겁니다. 평화로운 세상에도 적응이 되실 테고요. 그러니 마음을 무기력하게 내팽개치지 마십시오. 제 말대로 된다면, 그땐 이것도 기억해 주세요."

그러면서 명함을 주고는 작별과 함께 뒤돌아섰다.

그러나 뒤도는 순간 조 펠만은 시무룩한 표정이 되었다.

"방금 나 영문 모를 헛소리를 늘어놓지 않았어?"

"그렇게 보이긴 했죠."

옆에서 비서가 평했다.

"끄응, 천하의 내가 긴장했나 봐. 역대 최고의 다이아몬드를 눈앞에 둬서 그랬나."

"그래도 오늘 본 수많은 사람 중에서 궤변을 늘어놓은 덩치 큰 흑인 놈은 깊은 인상을 남겼겠죠."

"그, 그건 그나마 다행이군."

"그렇게 후회되시면 제이크 랜드처럼 쿨하게 접근하지 그랬어요. 늘 그를 의식하면서 왜 따라하진 못해요?"

"제길, 그 작자는 베테랑 초인이고 난 일반인이야. 쉽게 동질감을 얻을 수 있는 그 양반에 비해서 난 아무것도 없다고."

심지어 인품도 좋아 쉽게 선수의 호감을 얻는 제이크 랜드다.

이전에도 그에게 아까운 선수를 빼앗겼을 때가 대개 이런 경우였다.

그래서 제이크 랜드보다 늦지 않으려고 유독 예민했던 조 펠만이었다.

"하긴, 제이크 랜드는 서문엽과 인연이 있었으니 접근하기 쉬웠겠죠. 하지만 언제나 한발 늦은 것에 대한 변명은 못 되죠."

"시끄러. 그 양반이랑 그만 비교해."

조 펠만은 구시렁거리며 비서와 함께 떠났다.

서문엽은 받은 명함을 보다가 조 펠만의 뒷모습을 흘깃 보았다.

"삼촌, 조 펠만한테도 러브 콜을 받았네?"

"참 이상한 새끼였어."

"메이저리그의 거물 에이전트야. 별명은 돈 귀신."

"그런 것치고는 돈 얘기 하나 없이 추상적인 말만 하고 가던데."

"그래? 옛날에 울 아빠를 영입하려 했었을 땐 그렇지 않았다던데."

"그래도 의외로 공감 가는 말도 많았어."

서문엽의 기억 속에 조 펠만이 새겨졌다.

확실히 일류 에이전트 같았다.

17년 만에 돌아온 후로 자신의 기분을 이렇게 잘 이해하는 사람은 처음이었다.

시간이 늦었을 때, 파티의 메인이벤트가 열렸다.

자선 경기 및 오늘 파티로 모인 기부금을 전달하는 행사였다.

상당한 거액이 전달되었고, 세이브 더 칠드런의 관계자가 깊은 감사를 표했다.

그리고 행사를 진행하던 MC가 서문엽을 가리켰다.

"자, 그럼 이 자리에서 가장 많은 기부금을 낸 사나이가 오늘의 축사를 하겠습니다. 바로 서문엽 씨!"

눈이 휘둥그레진 서문엽은 지목을 당하자 일단은 단상 위로 올라갔다.

마이크를 건네받은 서문엽이 입을 열었다.

"어디 보자, 제가 여기서 기부를 가장 많이 했다고요? 제 전 재산이 어느 정도였던가요?"

"1조 7천4백억 원."

박진태 협회장이 대답해 주었다.

재산에 대해 신경 써본 적이 없었던 서문엽은 생각보다 큰 금액에 깜짝 놀랐다.

물론 인류의 존망이 그의 어깨에 걸려 있었던 점을 감안하면 오히려 적은 재산이었다.

"와, 그렇게나? 그렇게 많은 줄 알았으면 재산 환수를 좀 할 걸 그랬나."

사람들이 하하 웃었다.

서문엽은 잠시 생각을 정리한 뒤, 입을 열었다.

"그 재산이 모두 기부된 지 17년이 지났단 뜻이네요. 전 최후의 던전에서 얼마 전에 돌아왔을 뿐인데, 너무 많은 것들이 변했습니다."

잃어버린 17년.

자신만 제외하고 모든 것이 달라진 세상.

그것이 의미하는 바는 서문엽 외엔 아무도 이해하지 못할 것이다.

"제가 세상을 구했다고들 말하죠. 근데 별로 숭고한 마음 같은 건 없었습니다. 난 그냥 던전이 좋았을 뿐이니까요. 지저 문명이 무너지지 않고 계속 내 상대로 남아주었으면 하고 바란 적이 많습니다."

서문엽은 씨익 웃으며 말을 이었다.

"그래서 세상을 구했다고 칭찬해 줘도 별로 와닿지 않는 소리예요. 별로 뿌듯하지도 않고, 그냥 즐거운 놀이가 끝난 기분입니다. 그런데 이것 하나는 뿌듯하네요. 그 돈으로 도움받은 어려운 아이들이 이제는 어른이 되어 있을 거라는 사실 말입니다. 그래서 제 재산이 하나도 아깝지 않습니다. 세상을 구한 것보다 그게 더 보람참니다. 다시는 저처럼 불행한 아이가 나타나지 않았으면 좋겠습니다."

말을 마치자 박수가 쏟아졌다.

단상에서 내려오자 박진태 협회장이 장난스럽게 말을 건넸다.

"겨우 1조 7천억으로 자신의 망나니 행각을 무마시키겠다고?"

"오해하지 마요. 사실 전 천성은 착한데 불운한 유년기 때문에 이렇게 된 거라고요."

"그런 핑계 좋지 않아. 내가 볼 때 넌 타고난 문제아였어."

"아, 그리고 보니 아저씨도 제 인격 형성에 일조하셨던 분이군요? 그땐 아저씨도 엄청난 미친놈이었는데 감투 썼다고 점잖은 척하는 게 패고 싶네요."

"어른이자 은인에게 패고 싶다니, 양식 있는 언행을 하지?"

"됐어요, 용건 없으면 저리 사라져요."

"때마침 용건이 두 가지 있다."

"두 가지? 하나는 즉석에서 지어낸 것 같은데?"

"눈치 참 빠르군. 하나는 질책이야. 선배가 되어서 명색이 국가 대표인 애들을 꼭 그렇게 무참히 박살 내야 했나?"

"어이가 없군. 협회장이 되어서 명색이 국가 대표인 애들을 꼭 그따위로 키워야 했나요?"

박진태 협회장이 노려보자 서문엽은 꼬나보면 어쩔 거냐는 눈빛으로 마주 봤다.

"덕분에 한국 배틀필드의 흥행에 도움이 될 줄 알았던 자선 경기가 독이 됐어. 이제 KB리그는 어차피 서문엽에게 올킬당하는 애들 놀이터가 되었다고."

"그전에도 A매치만 하면 죽 쑤는 애들 리그였잖아요. 생각해 보니 이 양반 협회장 되고서 쫄딱 말아먹었네?"

"마, 말아먹다니!"

뜨끔한 박진태 협회장이 당황했다.

결정적으로는 당시 정부의 실책이지만, 그 뒤에 배틀필드가 출범하고서 협회장이 된 그의 책임도 없지 않았다.

"없는 예산에 여기까지 끌고 온 게 누군데!"

박진태 협회장은 지원을 안 하는 정부를 탓했다.

사실 더 이상의 초인 유출을 막기 위해 마지못해 배틀필드 리그를 발족했을 뿐, 정부는 여전히 못 미더워했다.

정치인 대부분이 일반인이기 때문에 초인을 무슨 인류를 위협하는 괴물 취급을 한 것이다.

"그런 정부 태도에는 자네도 크게 한몫했어."

"뭐래, 이 아저씨?"

"청와대를 무슨 동네북처럼 여겼잖아! 덕분에 초인에 대한 정치권의 인식도 딱 자네가 됐어."

"편견 쩌네. 초인들이 다 망나니인 줄 아나!"

서문엽도 화를 냈다.

박진태 협회장은 그런 그를 빤히 봤다.

"그러고 보면 자기 스스로 망나니임을 부인한 적은 없군?"

"원래 스포츠 스타들도 사고 치고 그러잖아요. 근데도 다들 귀여워하던데."

"사고 치는 초인이 잘도 귀엽겠군. 우리들 초인 때문에 불안해하는 민간인이 많으니 제발 자중 좀 해. 원래 스스로 자기 성격 더럽다고 말하는 놈이 제일 재수 없는 법이야."

"홍, 내가 사고를 치면 또 얼마나 쳤다고."

서문엽은 코웃음을 쳤다.

"어쨌든 두 번째 용건을 말하지. 기술 코치로 대표 팀에 들어와 주겠나? 선수가 되어달라고까지는 말 안 하지."

"그건 좀 봐서요."

"또 왜? 그 정도는 돈만 주면 할 수 있다며?"

"돈을 최대한 뜯어야죠. 일단 제호한테 지시한 게 있으니 결과를 봐서 결정하세요."

"끄응, 우린 돈이 없어."

"보아하니 이번 정부는 나한테 잘하려는 것 같던데요? 초인 공훈자 연금도 받았다고요. 흐름 타서 배틀필드 쪽에도 좋은 방향으로 선회하겠죠."

"제발 그랬으면 좋겠군."

정부 지원을 더 받는다면 해외에서 일류 코치들을 영입해 한국 배틀필드를 발전시킬 초석을 마련하고 싶은 박진태 협회장이었다.

파티가 끝나고 세 사람은 차를 타고 집으로 돌아갔다.

돌아가는 길에 백제호가 물었다.

"오늘 어땠어?"

"괜찮았지."

"마냥 부정적이진 않네."

"나 돈 벌었잖아. 세계 협회에서 나온 보상금까지 한 47억쯤 되려나. 이 돈 굴려서 재테크나 해야겠다."

"재테크는 무슨. 돈 신경 쓰지 말고 하고 싶은 거 하고 살아. 무슨 해본 적도 없는 재테크야?"

"얘가 날 무시하네. 그동안 신경 안 썼을 뿐이지 하겠다고 마음먹으면 또 잘해. 이 돈 투자해서 큰돈을 벌어주겠어."

"어디다 투자하게?"

"오늘 파티에서 보니까 배틀필드로 돈 번 애들이 꽤 많더라."

"구단에 투자하려고?"

"심심풀이 삼아 해볼까 싶어. 한국에 이 돈으로 살 수 있는 배틀필드 클럽이 있냐?"

그랬다.

서문엽은 배틀필드 클럽을 하나 인수해서 돈을 벌 궁리를 했다.

운영은 경영자에게 맡기고, 분석안으로 유망주만 잘 찾아 넣으면 큰돈이 될 거라는 기대가 있었다.

이에 백제호가 말했다.

"KB—1 리그는 꼴지 구단도 200억은 넘는다."

"뭐 그렇게 비싸?"

"아무리 우리나라 배틀필드 수준이 낮아도, 그래도 인기 스포츠야."

"선수들은 허접한 주제에 더럽게 비싸네. 그보다 하위 리그의 구단은 어때?"

"어디 보자. KB—2 리그도 아슬아슬하겠는데. 워낙 운영비가 많이 나가서 네가 감당하기 어려울걸?"

"삼촌, 차라리 KB7 1부 리그 팀을 사는 게 나을 거야."

백하연이 끼어들었다.

서문엽은 의아해했다.

"KB7은 뭐야?"

"7명이서 뛰는 리그야. 7영웅도 그렇고 원래 옛날에는 던전 공략 멤버가 보통 7인이었잖아. 그래서 하위 리그이긴 하지만 KB—2보다 마니아층이 많아."

듣자 하니 한국 배틀필드는 총 6개의 리그가 있었다.

KB—1.

KB—2.

KB7 1부 리그.

KB7 2부 리그.

KB7 아마추어 리그.

KB7 유소년 리그.

그중 KB7 1부 리그는 KB—2보다 실력은 처지지만, 인기는 더 높았다.

11명은 너무 많고 7인이 딱 보기 적당하다고 생각하는 팬 층도 두터웠기 때문이다.

11인은 인원이 많아 2, 3개로 조를 나눠서 사냥하기 때문에 정신 사나웠다.

반면 7인은 나누기가 애매한 인원이라 늘 함께 다닌다. 그래서 경기를 보기도 더 편하다는 장점이 있었다.

지저 전쟁 시대 전통의 7인 구성이라는 오리지널리티도 있었고 말이다.

"흐음, 하나 사볼까?"

서문엽은 눈을 빛냈다.

그 정도는 심심풀이 삼아 해도 괜찮을 것 같았다.

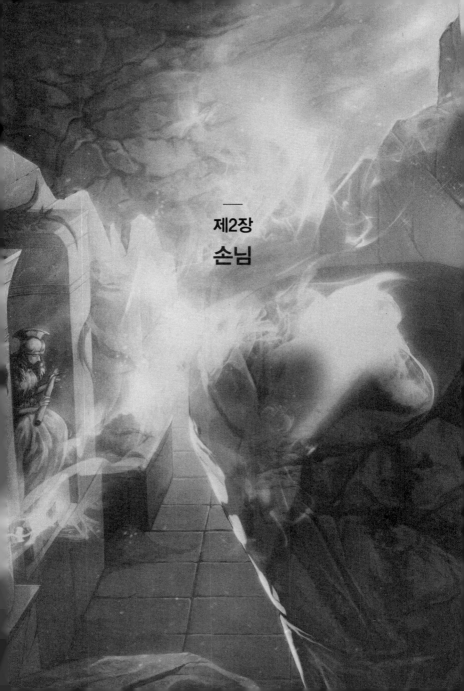

제2장

손님

집에 돌아오니 한승희가 반겼다.

"어서 오세요. 엽이 씨 손님이 기다리고 있었어요."

"제 손님이요?"

서문엽이 의아해했다.

"네, 지금 식사 중이에요."

"희한하네. 나한테 용건이 있으면 파티에서 보면 되지 왜 여
길 찾아오지?"

"파티가 싫은가 봐요. 자, 아무튼 만나봐요. 오랜만에 영어
쓰느라 혼났네."

손님이란 사람이 외국인인 모양이었다.

그런데 거실에 들어와 보니 손님은 두 사람이었다.

하나는 관능미 넘치는 젊은 동양인 여자.

또 하나는 거대한 근육질 백인이었다.

여자는 나른하게 소파에 파묻힌 채 TV를 보고 있었는데, 짧은 스커트 아래로 하얀 맨다리가 고스란히 드러났다.

1인용 소파에 혼자 앉은 거구의 백인은 한승희가 내준 듯한 과자와 맥주를 신나게 먹고 있었다.

"어우 야, 얘들은 또 뭐야?"

서문엽이 가장 보기 꺼렸던 두 사람이었다.

바로 슈란과 제럴드 워커 말이다.

서문엽은 당황해서 한승희에게 물었다.

"얘들 왜 여기 있어요?"

"몰라요. 파티에 가보라고 하니까 슈란은 번잡한 게 싫다고 하고, 제럴드는 그럴 기분이 아니라네요."

"삼촌, 둘 다 삼촌 죽이러 온 것 같은데?"

백하연이 소곤소곤 말했다.

"다 네 업보다."

백제호의 짧은 평이었다.

"어휴, 오늘은 이제 그만 싸우고 싶은데."

배틀필드로 신나게 날뛰다 온 서문엽은 폭력성이 다소 해소된 상태였다.

파티에서도 좋은 소식을 들어 기분이 좋아진 상태.

그런데 인류 중 가장 강력한 폭력을 가진 두 사람이 찾아왔으니 달갑지가 않았다.

슈란과 제럴드도 곧 서문엽을 보았다.

슈란은 싱긋 웃으며 손을 흔들어 보였다.

'불길하다.'

오랜만에 재회한 슈란은 당연하지만 몇 달 전과는 인상이 확연히 달라져 있었다.

외모는 17세에 불과했던 전보다 훨씬 성숙해졌고 여성미가 넘쳤다.

최후의 던전에서 함께하던 때보다는 얼굴에 여유가 보였다.

하지만 그때보다 훨씬 위험한 분위기까지 풍겼다.

'전에는 얼굴에 감정이 다 드러나서 무슨 생각을 하는지 훤히 보였는데.'

지금 그녀의 나이는 34세.

그때의 2배를 살며 많은 일을 겪었는지, 무슨 생각을 하는지 잘 보이지 않았고 눈빛은 장난스러웠다.

저러다가 대뜸 소멸 광선을 쏠지도 모르는 노릇이라 더 무섭다.

─대상: 슈란(인간)

─근력 50/53

─민첩성 71/71

—속도 67/67

—지구력 60/60

—정신력 40/40

—기술 59/59

—오러 100/100

—초능력: 소멸 광선, 위치 파악

—소멸 광선(초능력): 오러를 모든 것을 파괴하는 광선으로 치환하여 발사한다.

—위치 파악(초능력): 반경 3㎞ 이내의 지정한 타깃의 위치를 파악할 수 있다.

'뭐, 뭐야?'

분석안으로 슈란을 본 서문엽은 깜짝 놀랐다.

근력을 제외한 모든 능력치가 한계까지 개발되어 있었다.

최후의 던전 때도 저렇지 않았는데 말이다.

거기다가 '위치 파악'이라는 새로운 초능력은 서문엽이 본 적이 없었다.

정신력이 40/40까지 전부 채워진 것도 주목할 만했다.

'저년이 전보다 더 강해졌잖아?'

소멸 광선은 당연하지만 웬만한 벽도 뚫어버린다.

위치 파악과 함께 사용된다면, 타깃이 어디에 숨어 있어도 소멸 광선으로 쏴 죽일 수 있다는 뜻이었다.

'이 평화로운 시기에 배틀필드도 안 하는 년이 왜 저렇게 강해졌지? 하여간 덤벼만 봐라. 옛정이고 뭐고 확 그냥.'

어쨌든 서문엽도 불사 능력을 가진 괴물이었다.

만일의 경우에도 죽을 일은 없다는 사실에 배짱이 생겼다. 사실 누구에게 겁먹는 성격도 아니었다.

그런데 그때, 제럴드 워커가 소파에서 일어났다.

2.2미터짜리 거구가 몸을 일으키자 철탑이 하나 세워진 듯한 위압감이 들었다.

"기다렸다."

제럴드 워커가 툭 내뱉었다.

서문엽은 어깨를 으쓱했다.

"여긴 왜 와?"

"초대를 받았으니까."

누가?

라고 물으려다가 서문엽은 자신이 했던 말을 기억해 냈다.

"붙어보고 싶으면 배틀필드는 됐고, 그냥 찾아오라 해요."
"뒤뜰에 묻어버리게."

"아하, 내가 초대한 게 맞네."
"아니 다행이군. 그렇게 초대하면 내가 겁먹고 못 찾아올 사람으로 보였나?"

"그런다고 누가 진짜 찾아오냐? 할 일 없어?"

서문엽은 제럴드 워커에게 다가가 어깨를 툭툭 쳤다.

"형이 오늘 기분이 좋아요. 그러니까 그냥 가라."

"……."

"송장 치우기 전에, 새꺄."

마지막 말은 안 붙이는 게 나았으리라.

그런데 제럴드 워커는 벌컥 성질내지는 않고, 대신 서문엽을 빤히 내려다보았다.

그제야 서문엽은 제럴드 워커가 들던 것과 조금 인상이 다르다 싶었다.

　—대상: 제럴드 워커(인간)

　—근력 100/100

　—민첩성 81/96

　—속도 58/62

　—지구력 100/100

　—정신력 87/97

　—기술 80/93

　—오러 88/88

　—초능력: 육체 강화, 불굴

─육체 강화(초능력): 근력, 민첩성, 속도, 지구력을 30초간 20% 강화한다.

　─불굴(초능력): 지쳤을 때 지구력을 50% 회복한다.

　'어 씨발, 뭐야, 이 괴물은.'

　괴물이다.

　힘세고 오래가는 괴물이 나타났다.

　서문엽은 자기도 모르게 그의 어깨에 올렸던 손을 슬그머니 내렸다.

　그 모습을 보고 백하연이 백제호에게 소곤거렸다.

　"방금 삼촌 쫄았지?"

　"살짝?"

　등 뒤에서 부녀가 나누는 대화가 살짝 거슬렸지만, 서문엽은 제럴드 워커의 능력치에 정신이 팔렸다.

　근력과 지구력이 100·100이라니.

　그야말로 태어나자마자 '엄마 나 탱커 하게 방패 사 줘요!'라고 소리쳤을 법한 능력치였다.

　거기에 육체 강화로 순간적으로 괴력을 더 낼 수 있고, 궁지에 몰려도 불굴로 더 버틸 수 있다.

　17년 전에 이런 놈이 있었으면 당장 최후의 던전에 데려갔을 터였다.

　아직 성장할 여지가 더 남아 있다는 점도 놀랍고, 정신력이

87/97인 게 또 의외였다.

쉽게 발끈하는 녀석인 줄 알았는데, 대외적인 이미지와 다르게 뚝심 있는 녀석인 것이다.

험악해지는 두 사람을 보며 백제호와 백하연은 긴장했고, 슈란은 흥미진진한 표정이었다.

한승희는 관심이 없는지 부엌으로 향했다.

"재미있는 얘기를 들었지."

제럴드 워커가 입을 열었다.

"재미있는 건 네 얼굴이고."

깐족거리는 서문엽을 무시하며 제럴드 워커가 계속 말했다.

"듣자하니 죽지를 않는다지? 또한 면책권이 있어서 죄를 짓고 다녀도 처벌을 안 받는다고 하고."

"맞아."

"그렇다면 내가 당신을 죽여도 죽지 않으니 괜찮고, 당신이 날 죽여도 살인죄가 적용되지 않는다는 뜻이다."

제럴드 워커의 눈빛이 비로소 흉흉하게 변했다.

"줄곧 한판 붙어보고 싶었지. 최강의 초인이라 불렸던 남자는 어느 정도인지 말이야."

"그래? 근데 미안한데 말이야, 일단 톱3인가 하는 애들부터 이기고 오지 그래? 사천왕 건너뛰고 마왕부터 찾으면 스토리가 성립 안 되잖아."

"톱3고 나발이고, 그놈들은 전부 겁쟁이다!"

제럴드 워커가 분노 어린 목소리로 말했다.

"그 자식들은 쥐새끼처럼 피해 다니지 나와 정면 대결을 할 생각을 못 해."

'당연하지. 누가 한가하게 너랑 드잡이를 하고 앉아 있겠니?'

근력과 지구력 100·100에 육체 강화, 불굴까지 갖춘 미친 탱커였다.

덩치도 산만 해서 공격 시 상대를 위에서 아래로 내려치는 유리한 구도를 가지며, 자기 덩치만 한 사각 방패까지 들었다.

대가리에 총 맞지 않은 이상 이런 놈과 정면 대결 할 시간에 다른 놈부터 처리할 터였다.

아마 제럴드 워커는 그런 팀플레이 측면에서 톱3에 들 만한 가치가 부족하다고 평가를 받은 듯했다.

일대일이라면 얘기가 달라지겠지만 말이다.

'하지만 아직 개발이 덜 된 능력치를 한계까지 키우면 평가가 달라질 것 같은데.'

민첩성과 기술만 한계인 96, 93으로 성장해도 느린 발을 커버하기에 충분하다.

거기에 전술적으로 중요한, 위치를 파악하고 장악하는 포지셔닝도 보강하면 완벽해진다.

서문엽이 감독이라면 이런 녀석을 기꺼이 탱커로 쓰고 싶을 터였다.

"그 자식들은 겁쟁이라 날 피해 다니지만, 당신이라면 나와 한판 붙어줄 것 같았다. 배틀필드에서 붙고 싶었지만, 뭐 현실도 상관없지. 긴장감도 있고."

"7영웅은 거품이라고 누군가가 그러던데 싸울 가치나 있나 몰라."

서문엽은 어깨를 으쓱하며 빈정거렸다.

"그건 사과하지."

"잉?"

너무 빠른 사과에 얼빠진 표정이 된 서문엽. 제럴드 워커가 말했다.

"오늘 경기는 봤다. 한국 대표 팀이 약하지만 그렇다 해도 훌륭했어. 별것 아니었다면 그냥 미국으로 돌아갔을 거다."

"뭐 그렇게 순순히 사과를 해?"

"아무래도 상관없잖아. 난 당신과 한판 붙고 싶을 뿐이야."

"와, 배틀 만화 같다."

조카 녀석이 또 나직이 속삭인다.

살짝 혈압이 오른 서문엽은 문득 슈란 쪽을 돌아보며 물었다.

"넌? 너도 나 죽이러 왔냐?"

"오랜만이야."

"응? 어, 그래. 오랜만에 나 죽이러 왔니?"

"아니. 불사신이란 얘기를 듣고 한 번쯤 죽여도 티 안 나겠다는 생각은 했지만."

"음, 그건 그렇지."

곰곰이 생각해 본 서문엽이 이윽고 결론을 내렸다.

"근데 내 덕에 네가 살아 돌아갔으니 옛 원한은 그냥 퉁치자."

슈란은 미소를 지었다.

"원한 같은 건 없지만, 내게 심하게 대했던 건 그걸로 용서할게."

뜻밖에도 슈란은 원한이 별로 없어 보였다.

오히려 눈빛은 서문엽에게 호의를 보내고 있었다.

"뭐야, 못 본 사이에 철들었네. 그럼 여긴 왜 왔어?"

"파티에서 인사하려고 했는데, 저 덩치가 심각한 표정으로 어디로 가더라. 혼자 다니는 것도 수상하고, 아마 여기로 올 것 같기에 흥미진진해서 따라와 봤지."

아마 위치 파악을 이용해 미행했으리라.

"오케이, 그럼 용건은 싸움 구경이군. 자, 덩치야!"

서문엽은 제럴드 워커를 불렀다.

"뒤뜰로 따라와."

제럴드 워커가 기다렸다는 듯이 따라나섰다.

"제호야, 무기 좀 갖고 와라."

"조심해."

"나 안 죽어."

"안 죽이게 조심하라고! 무슨 문제를 일으키려고 그래?"

당연하지만 불사신인 서문엽을 걱정하는 게 아니었다.

일행은 우르르 뒤뜰로 향했다.

제호는 무기와 방어구를 종류별로 가져와 나눠 주었다.

배틀필드 국가 대표 부녀의 집답게 온갖 무기와 방어구가 종류별로 있었다.

두 사람이 묵묵히 무장을 하는 동안, 백제호는 슈란과 인사를 나눴다.

"오랜만이군."

"그러게. 경기는 잘 봤어."

"많이 녹슬었지."

"그런 것치곤 제법이었어."

"그보다 적당한 순간에 말리려면 나도 무장을 해야겠는걸."

백제호는 피차 심각한 부상을 당하기 전에 순간 이동으로 끼어들어 말릴 생각이었다. 싸우는 도중에 끼어드는 일이니 백제호도 위험을 각오해야 했다.

슈란이 말했다.

"그 나이에 그러다 뼈도 못 추려. 내가 말려줄게."

"그럼 부탁하지."

슈란이라면 백제호도 안심이었다.

슈란이 소멸 광선을 쓰기 위해 막대한 오러를 집중시키면, 그것만으로도 두 사람은 위험을 감지하고 싸움을 중단할 터였다.

*　　　*　　　*

준비를 마친 서문엽은 물끄러미 제럴드 워커를 쳐다봤다.

능력치는 다시 봐도 괴물.

근력과 지구력이 100·100인데 민첩성까지 80 이하가 아니
다.

민첩성을 한계치인 96까지 찍고, 현재 80인 기술도 93까지
다 찍으면 그야말로 괴물이 될 터.

속도가 50대 후반에 불과해서 기동성이 없지만, 저 덩치로
재빠르면 그거야말로 코미디였다.

그야말로 죽어라 때려도 안 쓰러지고 버티는 정통파 탱커.

'솔직히 저런 놈은 상대 안 하는 게 맞지.'

얼마 전에 있었던 A매치 미국전에서도, 한국 팀이 전원 제
럴드 워커를 집중 공격 했는데도 순삭당하지 않고 질기게 버
티지 않았던가.

사실 서문엽이 가장 꺼리는 타입이었다.

날렵하고 테크니컬한 상대는 서문엽의 먹잇감.

반대로 저렇게 디펜스와 파워로 똘똘 뭉친 상대는 껄끄러
웠다.

아무리 후려 패도 쉽게 쓰러지지 않기 때문이었다.

민첩성이나 오러양이 부족하면 공략해 볼 만한데, 제럴드 워커는 월드 클래스답게 그런 약점도 없었다.

차라리 백하연의 순간 이동과 로프 등의 변칙적인 수법으로 접근하지 않으면 빈틈을 만들어내지 못한다.

'아, 하루 종일 싸우겠네.'

서문엽은 입이 방정이라고 반성했다.

차라리 배틀필드였다면 모를까, 지금 같은 일대일은 위협적인 상대였다.

제럴드 워커는 자기 가슴 높이까지 올라오는 거대한 사각 방패와 핼버드를 들었다.

그런데 성벽 같은 사각 방패를 보고, 질려 있던 서문엽의 눈빛이 변했다.

'약점이 없는 건 아니군?'

방패와 창을 든 서문엽은 제럴드 워커와 대치했다.

잠시 눈을 마주 보다가, 서문엽이 먼저 움직였다.

사악!

섬전 같은 찌르기.

제럴드 워커는 깜짝 놀라 머리를 뒤로 젖혀 피해야 했다.

순발력에서 밀려 방패로 막을 타이밍을 놓친 것.

첫수로 기선 제압한 서문엽은 씨익 웃어 보였다.

"정신 차려, 인마. 네 생각보다 반 박자 더 빨라."

조롱 같지만 실제적인 충고였다.

같은 생각을 하고 있었던 제럴드 워커는 서문엽의 동일한 지적에 가슴이 철렁했다.

겉보기와 달리 서문엽에게서 일가(一家)를 이룬 마스터 같은 깊이가 느껴졌다.

'좋아, 이런 걸 원했다.'

제럴드 워커는 마음을 다잡고 다시 대결에 임했다. 이제 시작이었다.

서문엽이 다시 움직였다.

방금 전처럼 갑작스러운 찌르기였다.

텅!

하지만 이번엔 반사적으로 방패를 들어 막아낸 제럴드 워커.

서문엽은 고개를 끄덕였다.

"이제야 준비됐군."

"얼마든지 덤벼."

"그러지."

서문엽이 다시 움직였다.

오른쪽으로 눈빛 페인팅.

다시 왼쪽으로 상체 페인팅.

이윽고.

팟!

오른쪽으로 뛰어올라 창을 찔렀다.

터엉!

제럴드 워커는 한 걸음 물러서며 방패로 안정적으로 막아 냈다.

'역시 조금도 안 흔들리네.'

정신력이 85 이상인 경우 페인팅에 웬만하면 잘 안 걸려든다.

멘탈이 단단해 상대의 심리전에 잘 안 말려들기 때문.

이럴 땐, 상대를 당황시키고 페인팅을 걸어야 걸려든다.

본래 평정심을 유지할 때는 빈틈이 없다.

하지만 심리적으로 궁지에 몰리면 상대의 속임수에 넘어갈 빈틈이 생긴다.

그 심리적 간극(間隙)을 파고들 수 있으면 일류, 심리적 간극을 만들어낼 줄 알면 초일류다.

초일류인 서문엽은 심리적인 틈을 만들어낼 노림수가 있었다.

서문엽은 좌우로 스텝을 밟으며 방향을 교란시켰다.

그러다가 어느 순간.

휙.

서문엽은 몸을 웅크리며 제럴드 워커의 사각 방패 뒤로 숨어들었다.

제럴드 워커는 자신의 사각 방패 때문에 시야가 막혀 순간적으로 서문엽을 놓쳤다.

급히 사각 방패를 옆으로 치웠을 때, 서문엽의 오른손에는 창이 없었다.

창은 회오리 같은 난폭한 테일링을 일으키며 날아오고 있었다.

'......!'

머리로 날아오는 줄 알고 다급히 방패를 들었다.

하지만 서문엽 특유의 회전력 실어 던지기였다.

머리로 가던 창의 궤도가 휘어져 옆구리로 향했다.

제럴드 워커는 순간적으로 당황한 탓에 그 창의 변화에 속았다.

좌측 상단에서 우측 하단으로 움직이는 엄청난 변화 폭은 사각 방패로도 커버하지 못했다.

파앗!

창은 아슬아슬하게 옆구리를 스쳐 지나갔다.

"나의 승리."

서문엽이 천연덕스럽게 말했다.

"빗나간 걸로 보이는데?"

"당연히 마음먹었으면 네 옆구리를 맞췄지. 봐주니까 지랄이야."

"난 죽기 전에는 그런 거 인정 안 한다."

"얼씨구?"

낯빛 하나 안 바뀌고 뻔뻔하게 구는 제럴드 워커.

지기 싫은 것보다는 이렇게 허망하게 대결을 끝내기가 싫은 거였다.

서문엽은 피식 웃었다.

"징그럽게 생긴 새끼가 은근 귀엽네."

"……."

"인마, 덩칫값 하지 말고 방패를 작은 걸로 바꿔."

"뭐라고?"

"형이 너 마음에 들어서 충고해 주는 거야. 방패 때문에 시야가 방해되잖아."

"…그랬나?"

"너 어릴 때 시야가 좁다는 소리 들었지?"

"……!"

"그래서 싸우는 중간중간에 주위를 살피려고 방어에 용이한 졸라 큰 방패를 골랐을 거야."

완전히 정곡이었다.

좁은 시야.

팀플레이.

지금도 진저리 날 정도로 받는 지적이었다.

"근데 그건 임시방편이지. 형처럼 시야의 사각을 이용할 줄아는 초고수를 만나면 역효과거든. 그러니까 방패 작은 걸로 바꿔봐."

"진심이냐?"

"내가 널 왜 속여? 안 그래도 넌 나한테 안 돼, 새꺄!"

제럴드 워커는 잠시 고민했다.

그도 월드 클래스로 남의 충고에 스타일을 바꿀 위치는 아니었다.

하지만 서문엽을 빤히 쳐다보던 제럴드 워커는 고개를 끄덕였다.

"한번 시험해 보지."

"싫으면 말든가."

굳이 이렇게 오지랖을 떨 필요는 없었다.

그런데 싸워보니 자기 능력을 제대로 활용 못 하고 죽 쑤는 게 어이가 없어서 훈수를 좀 뒀다.

"저걸 가르쳐 주네."

지켜보던 백제호는 아까워했다.

백제호도 같은 방식의 공략법을 떠올렸던 참이었다.

하지만 서문엽은 그 부분을 지적해서 제럴드 워커의 단점을 개선시키려 했다.

저게 결투를 벌이다 말고 뭐 하는 짓인지 알 수 없었다.

제럴드 워커는 사각 방패를 버리고 상대적으로 작은 카이트 실드를 들었다.

그것도 표준형보다는 더 큰 사이즈였지만 아까의 사각 방패보다는 작았다.

"좋아, 다시 간다."

공방이 또 펼쳐졌다.

확실히 아까 전보다는 반응이 민첩해진 제럴드 워커.

보다 작아진 만큼 방패의 움직임이 더 역동적이었다.

자연스럽게 제럴드 워커의 공격도 더 활발해졌다.

그런데 그때였다.

서문엽의 눈이 매섭게 빛나더니.

휘릭!

창을 거꾸로 고쳐 쥐고 힘껏 뻗었다.

창 뒤쪽 이중 날로 핼버드를 집어 옆으로 젖히고, 그대로 뛰어올라 방패로 후려갈겼다.

콰앙!

급히 카이트 실드를 들어 막아냈지만, 자세가 안정적이지 않았던 탓에 뒤로 밀려났다.

따라붙으며 계속 맹공을 펼치는 서문엽.

카이트 실드를 피해 좌우로 움직이며 찌르기, 찌르기!

따라가기 급급해진 나머지, 제럴드 워커의 템포가 꼬였다.

그 순간, 서문엽은 좌측으로 뛰어오르며 찌르기를 펼쳤다.

좌악!

아슬아슬하게 머리 옆을 빗나가는 창.

제럴드 워커는 진땀을 뺐다.

"인마, 뒤로 피할 때도 방패는 앞으로 내밀어서 각도를 좁혀야지!"

"……!"

"그 큰 방패였다면 그럴 필요가 없었겠지. 근데 그래서 네 방패 테크닉이 답보 상태였던 거야, 알간?"

제럴드 워커는 표정이 멍해졌다.

서문엽의 말은 엄연히 핵심을 꿰뚫고 있었다.

"자, 방패 컨트롤에 유의하면서, 다시!"

어느새 과외로 변한 대결.

서문엽도 서문엽이었지만, 순순히 따르는 제럴드 워커도 희한했다.

계속된 지적에 제럴드 워커는 확연히 나아진 전투력을 보여 줬다.

그러나 서문엽은 여전히 그런 제럴드 워커를 몰아붙였다.

엄청난 덩치와 힘을 가진 제럴드 워커를 상대로는 치고 빠지며 상대하게 마련이다.

그런데 서문엽은 지근거리에 붙어서 맞붙고 있었다.

그것도 비교적 수월하게 말이다.

"어떻게 저럴 수가 있지?"

백제호는 제럴드 워커를 상대로 저렇게 몸싸움에서 안 밀리고 잘 싸우는 선수를 처음 봤다.

이는 기술 100/100에서 우러나오는 노하우였다.

자세를 낮춰서 버텨내는 테크닉을 펼치며 몸싸움을 커버하는 것!

거기다가 창을 짧게 쥐었다, 길게 쥐었다가 자유자재로 리치를 조절하는 수법까지.

그 탓에 제럴드 워커는 어려움을 느꼈다.

'지금껏 이런 상대는 없었는데!'

자신을 상대로 도망 다니는 녀석들만 봤다.

이렇게 붙어서 안 밀리는 상대는 처음이었다.

팟!

순간적으로 서문엽이 돌연 몸을 회전시켰다.

'뭐지?'

제럴드 워커는 적을 앞에 두고 빙글 도는 서문엽이 미친 것 같았다.

하지만 그때.

촤악!

"큭!"

창을 어깨에 걸쳐 뒤로 찌르는 테크닉!

불의의 일격에 제럴드 워커는 다시 한번 뒷걸음질을 쳤다.

"으라!"

서문엽은 연이어 기합과 함께 찌르기를 펼쳤다.

제럴드 워커가 카이트 실드를 들어 막으려는 순간.

찌르기를 멈추고 대신 발로 힘껏 걷어찼다.

퍼엉!

"컥!"

체중 실린 발차기에 폼이 무너진 제럴드 워커는 뒤로 엉덩방아를 찧었다.

서문엽이 마무리를 하러 다가오자 제럴드 워커는 체면 불구하고 땅을 뒹굴어서 간신히 빠져나갔다.

그 같은 공방이 계속됐다.

테크닉으로 자신의 체력은 아끼면서 상대의 체력을 소모시키는 서문엽.

그 의도대로 체력이 소모됐지만, 그때마다 불굴로 지구력을 회복하며 버티는 제럴드 워커.

질 듯 말 듯하면서도 은근히 버티는 바람에 사투는 어느새 1시간째 흘렀다.

돌연 서문엽이 고개를 저었다.

"야, 이제 안 할래. 힘들어."

그러면서 멋대로 무기를 내던져 버렸다.

이번에는 제럴드 워커도 반박하지 못했다.

'내가 졌다.'

불굴로 회복하는 것도 한계가 있었다.

내용 면에서는 더욱 완패였다.

'그래도 더 싸우고 싶었는데.'

아쉽지만 제럴드 워커는 승복하고 역시나 무기를 버렸다.

"오늘은… 내 판정패로 치지."

판정패도 부질없는 자존심의 발로였다. 오늘 완패했음을 제럴드 워커도 알았다.

"그딴 건 됐고."

서문엽은 승패 따위에는 정말 아무 관심이 없어 보였다.

다만…….

"형한테 잘 배웠으니까 돌아가면 자문료 입금해라."

제럴드 워커는 벙쪘다.

당당히 돈을 요구한 서문엽은 휘적휘적 떠나 버렸다.

지켜보던 백제호, 백하연, 슈란이 왠지 대신 부끄러움을 느꼈다.

*　　　*　　　*

며칠 후.

팀에 복귀한 제럴드 워커는 연습 시합에서 감독 및 코치진의 호평을 받았다.

사각 방패의 사이즈를 기존보다 작은 것으로 교체했는데, 그 뒤로 플레이가 더 날카롭고 까다로워진 것이었다.

훈련이 끝나고 집으로 돌아가는 길에도 매니저인 존 킴이 칭찬했다.

"정말 잘했어. 부쩍 좋아졌던데, 무슨 일이 있었던 거야?"

존 킴은 미국에 이민 온 한국 출신 초인이었다.

7년간 메이저리그에서 선수 생활을 하다가 은퇴한 뒤 에이전트 회사에 입사해 경력을 쌓았고, 현재는 제럴드 워커에게 고용되었다.

에이전트 겸 매니저로서 선수 경험을 살려 때때로 조언도 해주는 좋은 관계에 있었다.

"내 실력이 많이 좋아졌어?"

제럴드 워커가 물었다.

존 킴은 고개를 끄덕였다.

"당연하지. 그동안의 단점에 돌파구가 생긴 느낌이었어."

"그 개선된 정도를 돈으로 환산하면 얼마 정도 될까?"

뜬금없는 질문에 존 킴은 고민 끝에 말했다.

"족히 1천만 달러 이상의 가치가 있지. 이대로 가면 다음 재계약 때 그 정도는 충분히 연봉을 올려 받을 수 있을 거야."

"1천만 달러라."

제럴드 워커는 며칠 전 서문엽과의 대결을 떠올렸다.

수준이 달랐다.

힘과 체격 차이에도 불구하고 근접전에서 무참히 밀린 경험은 처음이었다.

같은 탱커로서 존경스러웠다.

"그래, 그 정도 가치는 충분하지."

"하하, 물론이지."

"서문엽에게 1천만 달러를 보내."

"웅? 뭐라고?!"

존 킴은 화들짝 놀랐다.

"자문료야."

제럴드 워커는 단호히 대답했다.

또다시 돈복이 터진 서문엽이었다.

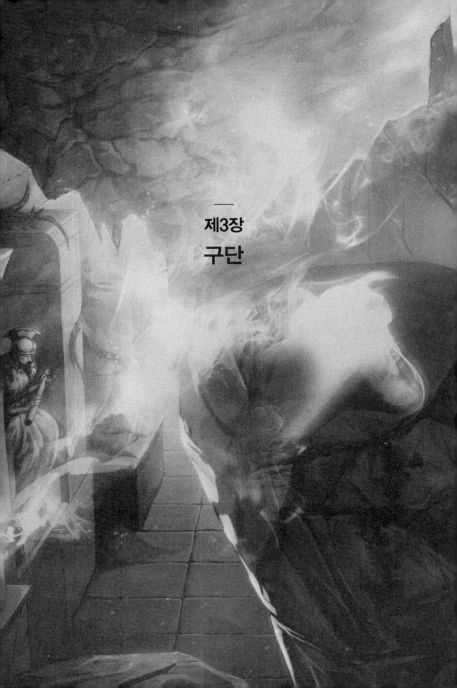

제3장

구단

"됐다, 돈이다!"

서문엽은 계좌에 108억 원가량이 입금되자 신이 났다.

제럴드 워커에게 뜯어낸 자문료였다.

세금도 완전 면제이니 고스란히 서문엽의 재산이 되었다.

삽시간에 계좌 잔고는 158억을 넘겼다.

"생전 관심 없던 돈을 왜 이제 와서 좋아하냐?"

백제호는 고개를 절레절레 흔들며 물었다.

자기 전 재산 1조 7천억이 사라졌다는 얘기는 대수롭지 않게 들었던 서문엽 아닌가.

"취미 생활을 계획 중이니까 그렇지."

"정말 배틀필드 클럽 사게?"

"응, 선수 사서 키우고 되팔 거야."

본격 선수 장사로 재테크를 해보겠다는 야심찬 포부.

백제호가 말했다.

"정 원하면 나한테 말만 해. KB-1 리그 구단도 사줄 테니까. 내가 너한테 그 정도도 못 해주겠어?"

오늘날 백제호의 출세는 온전히 서문엽 덕분이니 돈 따위는 아낌없이 줄 수 있었다.

"그럼 재미없잖아. 누가 돈 달래?"

"재테크 운운하니까 그렇지."

하여간 서문엽의 사고방식을 종잡을 수 없는 백제호였다.

아무튼 이렇게라도 서문엽이 배틀필드에 관심 갖는 건 긍정적인 일이었다.

엄청난 능력을 지녔고 젊기까지 한 서문엽이 능력을 썩히지 않기를 바랐다.

'자선 경기에 참가시킨 협회장님 의도가 성공을 거둔 건가.'

서문엽의 진가는 전투 능력뿐만이 아니었다.

안목도 유달리 뛰어나고, 제럴드 워커마저 가르칠 정도로 지도자로서의 역량도 탁월했다.

"엽아, 예산이 많아졌으니까 KB-2의 구단을 노려보자."

"KB7 1부 리그가 가성비에서 더 낫다며?"

서문엽의 반문에 백제호가 반박했다.

"그건 관객 수입 얘기지. 그마저도 사실 비슷비슷한데 KB7 팀이 선수가 적어서 운영비가 쌀 뿐이야."

"아하."

"그리고 네 목적은 재능 있는 선수를 찾아내 키우는 거잖아?"

서문엽은 고개를 끄덕였다.

사실 키우는 것도 몇 가지 훈수만 두고 팀의 코치진에게 맡길 생각이었다.

분석안으로 재능만 보고 사서 팀의 코치진더러 알아서 키우게 한 뒤, 다 크면 비싸게 팔아 차익을 남기겠다는 것이 주된 목적.

한마디로 별일 안 하고 초능력 하나로 손쉽게 돈 벌 심보.

"그렇다면 더욱 KB—2로 가야지. 재능 있는 선수는 KB—2로 가지 KB7으로 안 가. KB—2로 가야 KB—1으로 진출할 기회도 많아지고, 국가 대표로 뽑힐 확률도 높아지니까. KB7은 더 발전할 야망이 없는 선수들이 가는 데야."

"그래? 그럼 KB—2가 낫겠다."

서문엽은 별생각 없이 백제호의 의견에 찬성했다. 애당초 그다지 진지하게 생각하고 하는 일도 아니어서 아무래도 좋았다.

"말 나온 김에 사야겠다."

그러면서 서문엽이 핸드폰을 꺼냈다.

"어디 전화하게?"

"협회장."

서문엽은 즉석에서 박진태 협회장에게 전화해 KB—2 구단을 사고 싶다고 의사를 밝혔다.

—구단주가 되겠다고? 좋지! 좋은 생각이야.

박진태 협회장은 크게 환영했다.

한국 배틀필드 프로리그의 인기가 점점 떨어지고 있어 변화가 필요하던 참이었다.

서문엽이 관여한다면 국민들의 주목을 끌 수 있을 터였다.

"팔겠다고 하는 구단 있을까요?"

—있지. 팔 의향이 있을 법한 구단은 셋 있고, 당장 팔려고 급매로 내놓은 구단도 하나 있지.

"급매물은 어딘데요?"

—한정실업인데, 모기업 사정이 어려워서 분위기가 안 좋은 곳이야. 오죽하면 돈 없는 우리 협회에서 원조까지 해주고 있는 실정이겠나?

"흐음, 진짜 그지 같은 곳이겠네요."

—그야 그렇지. 대신 싸게 살 수 있을 거야.

"좋아요. 그런 그지 같은 곳을 최고로 키우는 것도 하나의 재미니까."

—좋은 생각이군. 그럼 의사가 있다면 내가 주선을 해주지.

"그렇게 해줘요."

통화를 마치자 백제호가 어느 팀인지 물었다.

한정실업이라는 얘기를 듣자 백제호의 표정이 이상야릇해졌다.

"한정실업이라……."

"표정이 왜 그따위야?"

"3년째 강등 위기에 있는 팀이라서."

"용케 강등 안 당했네."

"KB7 1부 리그 우승 팀들이 승격을 거부한 덕에 지금껏 KB—2에 붙어 있다고 들었어."

"와……."

정말 망한 팀인 모양이었다.

그날 협회에서 속전속결로 일 처리를 해서, 한정실업 팀에 대한 자료가 서문엽에게 전달되었다.

선수 명단부터가 골 때렸다.

"내 눈이 잘못됐냐? 선수 총원이 14명이라는데?"

"맞아."

"아니, 그럼 주전 11명에 후보 3명이 전부라고? 이걸로 어떻게 팀이 돌아가?"

"팀 내에서는 그냥 소규모 교전이나 사냥, 던전 동선 훈련만 하고 연습 경기는 같은 KB—2 팀이나 유소년 리그 팀과 하나 보지."

"허허."

서문엽은 기가 막혀서 웃었다.

팀 내에서 11 대 11로 제대로 연습도 못 하는 환경.

그나마 부상·체력 고갈의 염려가 없는 스포츠니 다행이지, 그야말로 총체적 난국이었다.

가격은 51억 9천만 원이었다.

서류를 면밀히 훑어보다가 서문엽은 결정을 내렸다.

"선수를 보고 판단해야겠다."

서문엽은 때마침 이틀 후에 있는 한정실업의 경기를 관람하기로 했다.

경기장에서 직접 선수들을 분석안으로 볼 생각이었다.

거기서 한둘이라도 쓸 만한 인재가 있기를 바랐다.

                    *   *   *

부천 배틀필드 상설 경기장.

주로 KB-2 리그의 경기가 열리는 이곳에 서문엽이 나타났다.

모자, 선글라스, 마스크까지 착용한 서문엽은 일부러 백제호까지 떼어놓고 혼자 온 상태였다.

"이 정도면 아무도 모르겠지, 흐흐."

클클 웃는 서문엽.

본인은 자각하지 못했지만, 주위 사람들은 그를 몹시 수상한 눈길로 쳐다보고 있었다.

'완전 수상하다.'

'테러범은 아니겠지?'

'무서워.'

'심지어 바바리코트까지 입었어.'

주위 사람 반응을 안 살피는 병이 이미 만성인 서문엽은 당당히 경기장에 입성했다.

약 3만 5천여 명을 수용할 수 있는 경기장은 절반 정도가 찬 상태.

그마저도.

"GT 나이츠 파이팅!"

"한정 개허접들 발라 버려!"

"만년 꼴찌인데도 강등 안 당하는 좀비 자식들!"

"GT! GT!"

한정실업의 팬은 거의 보이지 않았다.

'그래, 뭐 비참할수록 성장시키는 재미가 있지.'

서문엽은 긍정적으로 생각하기로 했다.

사실 누가 응원하건 비난하건 신경 쓰는 성격도 아니었다. 그런 걸 신경 쓸 성격이었다면 사고 치고 다니지도 않았으리라.

─양 팀 선수들이 입장합니다.

마침내 선수 입장이 시작됐다.

서문엽은 눈에 불을 켜고 분석안으로 선수들을 훑어봤다.

멀리 떨어져 있었지만 초인의 시력으로 충분히 보이는 거리였다.

'허접, 허접, 허접, 허접, 보통, 허접, 보통……'

가차 없이 선수들의 가치를 '허접'과 '보통' 두 단어로 구분하는 서문엽.

보통이라 평한 이들도 실은 능력치 평균이 60대 초반에 불과했다.

국가 대표들도 평균 60 말, 70 초에 머물던 것을 되새기며, 서문엽은 이 나라의 미래가 걱정됐다.

그런데 그러다가 문득 한정실업의 한 선수가 눈에 들어왔다.

'어라?'

―대상: 남궁지훈(인간)

―근력 62/65

―민첩성 59/75

―속도 72/80

―지구력 58/63

―정신력 70/85

―기술 74/95

―오러 79/79

―초능력: 보호

―보호(초능력): 자신 및 타인에게 오러로 이루어진 얇은 보호막을 씌운다.

일단 초능력으로 보아서는 서포터를 하고 있을 게 분명했다.

실제로도 선수 소개에서 '서포터 남궁지훈'이라고 안내 방송이 떴다.

그런데 웃기는 것은 바로 기술 능력치였다.

기술 74/95.

이 기술은 주로 무기를 다루는 테크닉이나 몸을 쓰는 요령 등을 의미했다.

허리춤에는 장검을 패용하고 있었다.

한마디로 초능력은 서포터인 주제에 검술의 달인이 될 수 있는 잠재력을 지닌 것이었다.

'와, 저런 공교로운 놈도 있구나.'

포지션이 서포터이니 전면에서 싸울 일은 드물 테고, 결국 누군가 알아봐 주지 않으면 자기 재능을 모른 채 KB―2 이하 리그에서 썩을 팔자였다.

다행히 이제 남궁지훈의 운명은 새로운 전기를 맞이하였다.

'오케이, 넌 체크했다.'

쓸 만한 선수가 나타나서 서문엽은 흡족해졌다.

'계속 찾아보자.'

양 팀 선수들은 재능은 비슷했지만, 현재까지 개발된 능력치는 GT 나이츠 측이 더 높았다.

물론 서문엽이 볼 땐 거기서 거기.

일단은 한정실업에서 숨겨진 재능을 가진 선수를 한 명이라도 더 발견해야 했다.

'얘는 좀 괜찮네.'

―대상: 노정환(인간)

―근력 82/87

―민첩성 65/65

―속도 64/69

―지구력 60/85

―정신력 79/83

―기술 66/76

―오러 70/70

―초능력: 육체 강화

―육체 강화(초능력): 근력, 민첩성, 속도, 지구력을 30초간 25% 강화한다.

탱커 노정환.

제럴드 워커와 같은 육체 강화 초능력을 지니고 있었다.

육체 강화는 흔한 초능력 중 하나였는데, 제럴드 워커의 20%에 비해 노정환은 25%로 더 효율이 높았다.

'근력 지구력 재능이 87·85라. 괜찮은데?'

현재 능력은 82·60에 불과했지만, 지구력을 열심히 단련시키면 KB—1에서도 상위의 탱커가 될 수 있을 터였다.

근력·지구력의 잠재력만 따지면 대표 팀의 주장 채우현과 비슷할 정도였다. 물론 민첩성이나 오러양에서 한참 아래지만.

'얘도 체크.'

그 외의 선수는 전부 '허접' 판정을 먹였다.

'2명이라도 건진 게 다행이라고 해야 하나.'

일단은 긍정적인 결과였다.

오히려 상대 팀인 GT 나이츠는 현재 능력은 더 높을지라도 잠재력에서 눈에 띄는 선수가 한 명도 없었던 것이다.

'특히 남궁지훈이 마음에 드네.'

수치가 높을 때 가장 좋은 능력치는 기술이었다.

근력 격차에도 불구하고 몸싸움이 섞인 근접전에서 제럴드 워커를 압도한 것만 봐도 알 수 있었다.

민첩성 75, 속도 80, 기술 95라는 스탯이 완성된다면 아주 우수한 근접 딜러가 될 수 있다.

거기에 보호 초능력도 있으니, 스스로에게 보호를 걸고 적진에 뛰어들 수도 있는 것이다.

'비싸게 팔릴 것 같다.'

한정실업이 마음에 들었다. 남궁지훈 하나로 본전은 뽑을 것 같은 느낌!

더그아웃에도 감독 및 후보 선수들이 모습을 드러냈다.

한정실업 더그아웃을 보다가 서문엽은 희한한 케이스를 발견했다.

"푸풉, 웃긴 녀석도 있네."

—대상: 이나연(인간)

—근력 48/48

—민첩성 70/71

—속도 79/100

—지구력 49/53

—정신력 59/73

—기술 57/60

—오러 69/69

—초능력: 점프

—점프(초능력): 최대 20m까지 도약한다.

이름은 이나연.

여자였는데 후보로 있을 수밖에 없는 능력치였다.

민첩성과 속도는 준수하지만, 그 외의 능력치가 너무 뒤떨어졌다.

그런데 웃긴 사실이 있었다.

속도 79/100.

그리고 초능력 점프.

속도는 이동 속도를 뜻한다.

한마디로 그냥 잘 뛰고 잘 점프한다는 뜻이었다.

'벼룩도 아니고, 낄낄.'

키득거리며 웃었지만 의외로 쓸 만한 데가 있다고 생각했다.

현재 속도는 79.

저쯤이면 아직 자신의 재능을 모르고 있다는 뜻이었다.

'활을 들고 다니면 나쁘지 않을 것 같은데.'

물론 저 능력치에 활을 든다고 딱히 위협적일 것 같지는 않다.

초능력조차 공격에 도움이 안 되니까.

그런데 속도를 100까지 다 끌어올린다면?

'존나 빠른데 슈퍼마리오처럼 점프로 장애물을 다 뛰어넘고 다닌다면, 나름?'

최소한 활발하게 다니며 적을 괴롭히는 역할은 수행할 수 있게 되는 것이다.

'그래, 어중간한 애들보단 이렇게 특이한 게 낫다.'

서문엽은 이나연도 체크해 두었다.

그 후, 경기가 시작되자 서문엽은 이어폰을 꽂고 스마트폰으로 드라마를 보기 시작했다.

저딴 허접한 경기는 보지 않겠다는 의지를 경기장에서까지 관철하는 서문엽이었다.

                    *   *   *

드라마 세 편을 몰아서 봤을 때쯤 경기가 끝났다.

"응? 벌써 끝났나?"

대형화면에 스코어가 나왔다.

〈1세트: 6─0, GT 승〉

〈2세트: 4─0, GT 승〉

서문엽은 고개를 끄덕였다.

'정말 약하구나.'

분석안으로 이미 현재 실력 차이를 확인했던 터라 놀랍지 않았다.

서문엽은 박진태 협회장에게 전화를 걸었다.

"아저씨."

—주위가 시끄러운데? 어디야?

"경기장이요."

—한정실업 경기 보러 갔나?

"네."

—경기는 졌지? 실망 안 했으면 좋겠는데.

"실망 안 했어요. 드라마 봤거든요."

—경기장에 가서 드라마를 봤다고?

"스마트폰이란 게 참 좋네요. 아무튼 한정실업 살 테니까 그렇게 전해줘요."

—경기 안 봤다면서?

"끊어요."

통화가 길어지기 전에 끊어버린 서문엽은 유유히 집으로 돌아갔다.

그로부터 이틀 후.

어서 처분하기 위해 몸이 달은 한정실업이 협상 테이블에 올랐다.

박진태 협회장의 중계하에 양측은 변호사를 대동하고 계약서에 서명을 했다.

이미 팀에 대한 실사조사는 백제호가 소개해 준 변호사가 마친 뒤였다.

"팀을 잘 부탁드립니다. 제가 부족해서 선수들이 고생 많이 했습니다."

한정실업의 나이 든 사장이 쓸쓸히 당부했다.

서문엽은 고개를 끄덕였다.

"최고의 팀으로 만들 생각입니다."

"믿습니다. 영웅 서문엽 씨이니까 가능하겠죠."

인수 가격은 한정실업이 요구했던 51억 9천만 원.

사정이 힘들어 보였으니 시간을 끌면서 깎아달라고 요구하면 가능했겠지만, 서문엽은 굳이 그러지 않았다.

취미 생활 삼아 시작한 일이지 그깟 수십억(?)에 연연할 이유가 없었다.

돈이 좋았으면 전 세계를 돌아다니며 방송 출연이나 CF 광고 등을 찍어 돈을 쓸어 담았을 것이다.

인류를 구원한 영웅이니 단기간에 수백억 뽑는 건 일도 아니었으리라.

아니면 더 간단한 방법이 있는데, 바로 백제호에게 돈 내놓으라고 하는 것이다. 백제호는 기꺼이 달라는 대로 뱉으리라.

"축하하네. 이로써 KB-2 리그 프로 팀의 구단주가 되었군."

박진태 협회장은 몹시 흡족해하며 덕담을 건넸다. 서문엽이 배틀필드에 관심을 보이자 기뻐한 것이다.

"축하는 무슨요. 과자 샀는데 축하받는 사람도 있나요?"

"과자 정도가 아니잖아. 축하를 해주면 좀 순순히 받는 게 어떤가."

"뭐, 알았어요."

"그런데 팀은 어떻게 운영할 생각이지?"

"그냥 하던 대로 하게 놔둬야죠."

"그럼 자네는?"

"이따금 선수나 좀 살피려고요."

"그래, 차라리 정상적인 사람이 운영을 하는 게 낫지."

"아무튼 용무 끝났으니까 전 이만 갈게요. 잘사세요."

협회를 나온 서문엽은 바이크에 올라탔다.

최근에 돈이 생긴 서문엽은 차를 살까 하다가 바이크를 선택했다.

이유는 간단했다.

부아아아아앙!!

육중한 굉음을 뿜으며 질주하는 검은색 바이크.

서문엽은 헬멧도 쓰지 않은 채 머리칼을 휘날리며 엄청난 속도로 달렸다.

그 와중에 한 손으로는 스마트폰으로 내비게이션 어플리케이션을 실행.

내비게이션이 알려준 최단 경로를 따라 고속도로에 진입하는 만행까지 저질렀다.

그럼에도 불구하고 당당할 수 있는 유일한 인간.

바로 면책권의 힘이었다.

어떤 교통 법규를 어겨도 처벌을 받지 않으니 미친 듯이 폭주를 하는 것이었다.

한참 막힐 저녁 시간이라 고속도로에 차들이 빽빽하게 미어터졌지만, 서문엽은 남의 일인 양 갓길로 질주했다.

어떤 미친놈인가 하고 창문을 열고 봤던 사람들은 서문엽의 얼굴을 보고는 멍해졌다.

그러고는 곧 납득했다.

"아, 서문엽이네."

"보상금이랑 연금 받았다더니 오토바이 샀나 보다."

"서문엽은 저래도 되지."

"헬멧은 안 쓰는 게 낫겠다. 헬멧 썼으면 서문엽인 줄 모르고 경찰이 쫓아갈 거 아냐."

사람들은 역사 교과서에도 나오는 서문엽의 얼굴을 한눈에 알아보았다.

서문엽이 이룬 업적에 대해 17년간 귀 따갑게 들었기 때문에 오토바이 타고 폭주하는 것쯤이야 해도 된다는 입장이었다.

막힌 고속도로를 신나게 달리던 끝에 도착한 곳은 강화도에 있는 한정실업의 클럽하우스였다.

산을 낀 곳에 위치한 클럽하우스는 규모가 꽤 컸지만, 아무리 봐도 공장이었던 곳을 인수해서 급조한 티가 팍팍 났다.

"그, 그래도 넓어서 좋다."

거지 같은 티가 팍팍 나지만 비좁은 곳에서 옹기종기 모여 사는 것보다는 낫다며 애써 자위하는 서문엽이었다.

"누구신지, 헉!"

그때 바이크 엔진 소리를 듣고 밖으로 나온 어느 사내가 서문엽을 알아보고 화들짝 놀랐다.

겉보기에는 30대 중반 정도로 보이는 사내였다.

인상은 흐리멍덩했는데, 그에 걸맞지 않게 체격은 건장한 걸 보니 초인이 아닐까 싶었다.

아니나 다를까.

―대상: 최동준(인간)

―근력 37/52

―민첩성 38/55

―속도 42/60

―지구력 36/61

―정신력 66/72

―기술 69/75

―오러 70/70

―초능력: 회복, 고취

―회복: 살아 있는 대상의 상처를 회복시킨다.

―고취: 휘하에 있는 이들의 사기를 북돋는다.

현역 때 서포터를 했을 법한 능력치였다.

잠재 재능도 별 볼 일 없는 걸 보니 그다지 빛을 못 보고 은퇴했으리라.

아무튼 초인이니 실제 나이는 아마도 백제호와 비슷한 연배가 아닐까 추측됐다.

"늦은 시각에 방문하실 줄은 몰랐습니다, 구단주님. 오늘 인수 계약을 하셨다는 이야기는 들었는데… 저는 감독을 맡고 있는 최동준이라고 합니다."

계약하자마자 바로 이곳에 달려올 줄은 예상 못 했는지, 클럽하우스는 조용했고 아무런 환영 준비도 되어 있지 않았다.

물론 그런 환영을 좋아하는 서문엽도 아니었지만.

"나이가 어떻게 됩니까?"

서문엽이 문득 물었다.

"올해로 44세입니다."

"그럼 몇 년생이더라?"

"79년생이죠."

그러자 서문엽은 걸렸다, 하는 눈빛이 되었다.

"난 75년생인데."

"예? 아, 그러시군요."

그래서 뭐 어쩌란 말인가 싶은 표정이 된 최동준 감독.

서문엽이 이어 말했다.

"나보다 4살 어리네?"

말투가 반말로 바뀌었다.

"예에?"

"맞잖아."

"아, 예……."

"앞으로 동준 아우라고 부를게."

"…그리하십쇼."

최동준 감독의 얼굴에 깊은 당혹감과 억울함이 어렸다.

출생 년도는 확실히 앞서지만 실제 나이는 자신이 13살이나 많지 않은가.

하지만 서문엽에게 그런 건 별로 중요하지 않아 보였다.

결국 도리가 없어 승복한 최동준 감독이었다.

구단주이자 광화문 광장에서 세종대왕, 이순신 장군과 함께 동상이 세워진 서문엽에게 말대답할 배짱 따위는 그에게 없었다.

"선수들은?"

"던전에 접속해 사냥 연습 중입니다."

"저녁인데?"

현재 시간은 저녁 7시. 보통은 훈련이 끝나고 쉬어야 할 시간이 아닌가 싶었다.

"지난번에 경기에서 참패한 데에 반성해서 늦게까지 훈련하고 있습니다."

그렇게 설명한 최동준 감독은 아차 싶어서 덧붙였다.

"새 구단주님께 인사도 드릴 겸 집합시킬까요?"

"필요 없어. 훈련을 방해하면 안 되지."

"네, 배려에 감사합니다."

최동준 감독은 안도했다.

갑자기 4살 차이를 운운하며 반말을 할 때는 불길했지만, 다행히 까다로운 구단주는 아닌 것 같았다.

이 업계에는 초인인 선수들에게 갑질을 하며 만족을 느끼는 구단주들이 꽤 있었기 때문이다.

"그런데 동준 아우."

"네, 네, 구단주님."

정말로 아우로 불리자 최동준 감독은 살짝 당황했다.

서문엽은 퍽 자애로운 미소를 지으며 말했다.

"앞으로 함께할 사이인데, 편하게 형님이라 불러."

"그, 그러면 실례죠. 구단주님이 더 편합니다."

최동준 감독은 크게 당황하며 완곡히 거절했다. 진심으로 '형님'은 싫었다.

그러면서도 일단 말투가 자신을 감독으로 기용할 것 같아 다행이었다.

"그래, 마음대로 해. 그럼 일단 건물 좀 둘러나 보자."

"예, 안내하겠습니다."

두 사람은 클럽하우스 시설 곳곳을 다녔다.

피지컬 단련을 하는 체력 훈련장, 선수들이 묵는 숙소, 식당, 운영 팀 사무실, 휴게실 등등.

"낡아빠졌는데 있을 건 다 있네."

"네, 공간은 남아돌기 때문에 필요한 시설은 다 구비되어 있습니다. 선수들 숙소도 굉장히 넓죠."

공장 겸 창고로 쓰던 건물이라 공간 하나는 참 넉넉했다.

그렇게 둘러보다가 마지막으로 접속 모듈과 던전 내부 상황을 볼 수 있는 스크린이 설치된 실전 훈련장에 도착했다.

"여기에 선수들이 훈련을 하고 있습니다."

접속 모듈에 선수들이 들어가 있었다.

스크린에서 던전에 접속한 선수들이 싸우는 모습을 볼 수 있었다.

이를 보며 코치 2인이 마이크에 대고 뭐라고 지시를 내린다.

최동준 감독이 인사를 시키려고 코치들을 부르려 했는데, 서문엽이 제지했다.

"그냥 놔둬."

"아, 예."

내부를 구경하던 서문엽은 문득 이상한 점을 발견했다.

"접속 모듈이 11개뿐이네?"

최동준 감독의 고개가 푹 수그러졌다.

"예, 너무 비싸서 주전들이 쓸 11개만 간신히 마련했습니다."

정말 눈물겨운 작자들이었다.

아니, 회복 능력도 있으니 병원에서 고액 연봉 받으며 편히 일하지 왜 여기서 이 궁상을 떠는지 이해하기 어려웠다.

'회복, 고취 다 갖고 있으니 환자 치료 후에 정신적인 케어도 해주고 딱 좋네.'

둘 다 종합병원에서 굉장히 환영하는 초능력이었다.

'하지만 감독으로 그냥 둬도 괜찮겠군.'

고취, 즉 휘하에 있는 사람의 사기를 북돋는 초능력은 감독에게 좋았다.

선수들의 사기를 유지시킬 줄을 아니, 적어도 선수들과의 유대감은 좋을 터였다.

팀이 매년 꼴찌인 걸 보면 전술적 능력은 별로인 것 같지만 말이다.

그 정도가 딱 좋았다.

서문엽은 무슨 명장이라도 나타나길 바라는 게 아니었다.

그냥 자신이 발굴해서 데려온 선수를 잘 데리고 있으면 된다.

최동준 감독은 계속 고취로 선수 사기를 올려주며 관리해 주면 된다.

"선수는 총 14명이잖아? 나머지는 뭐 해?"

"2군 선수들은 정규 훈련을 마치고 숙소에서 쉬고 있습니다."

"잘됐네. 그럼 2군 애들 하나씩 불러봐."

"무슨 일을 하시려고요?"

"한 명씩 면담하게."

"예, 알겠습니다. 휴게실로 부르겠습니다."

서문엽은 휴게실에서 기다렸다.

오늘 면담받을 2군 선수는 총 넷.

하지만 사실은 경기장에서 봐뒀던 남궁지훈, 이나연을 보고 싶어서였지, 나머지 둘은 필요 없었다.

잠시 후, 부름을 받고 먼저 온 선수는 때마침 이나연이었다.

"이나연입니다! 구, 구단주님, 뵙게 되어 영광입니다!"

이나연.

나이는 22세.

간신히 150㎝쯤 되어 보이는 조그만 체구에다 귀엽게 생긴 큰 눈을 가진 주제에 군기가 바짝 잡혀 있었다.

저런 조그만 여자애가 20m씩 점프를 한다고 생각하니.

'풉, 정말 벼룩 같네.'

웃음을 애써 참은 서문엽은 이나연의 오른손을 흘깃 보았다.

"검을 쓰다가 근력이 안 늘어서 최근에 무기를 활로 바꿨지?"

"헉! 그걸 어떻게……."

"나 서문엽이야. 굳은살만 봐도 딱 알아."

"그, 그렇구나."

민첩성과 속도는 70·79로 한국 기준으로 준수한 수준이었지만, 근력이 48/48로 약해 근접 딜러로 활약할 수준이 못

됐다.

　기술도 57/60으로 변변찮으니 지금까지도 앞으로도 만년 2군의 운명.

　하지만 서문엽은 속도 79/100이라는 재능을 봤다.

　"고민이 많겠네. 아무리 노력해도 실력이 잘 늘지 않으니까."

　"네……."

　이나연은 고개를 푹 숙였다.

　"하지만 괜찮아. 내가 널 주전으로 활약하게 만들어줄 테니까."

　"어, 어떻게 말입니까?"

　"콘셉트는 천사소녀 넷티다."

　"…네?"

　순간 이나연은 자신의 귀를 의심했다.

　"모두가 쌍욕을 하는 도둑년이 되는 거야."

　"네?!"

　"헤어스타일도 포니테일 어때? 팬이 생길 거야."

　"……?!"

　서문엽의 표정이 몹시 진지해서 이나연은 더욱 혼란스러웠다.

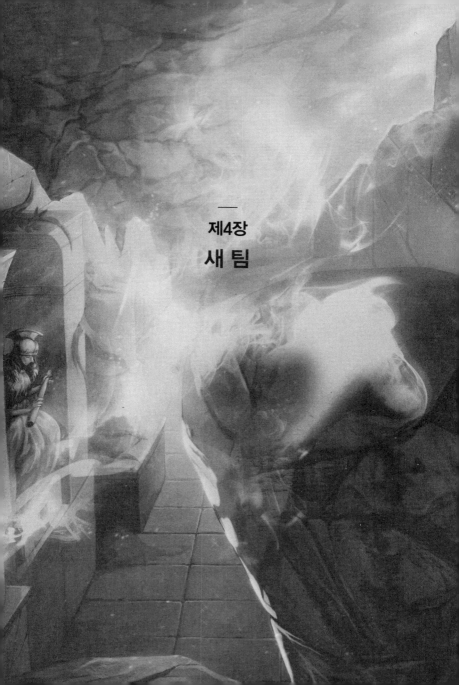

제4장

새 팀

이나연으로서는 다행히도 서문엽은 장난치는 게 아니었다.

"아무리 훈련해도 실력이 잘 안 늘지?"

"그, 그게……."

이나연은 쉽게 인정할 수가 없었다.

상대가 구단주였다.

'네, 전 글렀나 봐요.'

'응, 너 방출.'

같은 대화가 이어지면 안 되지 않은가.

하지만 분석안을 가진 서문엽은 거의 관심법을 가진 궁예였다.

"근력도 민첩성도 한계가 왔고, 지구력도 뒤떨어지지."

"으으……."

정곡을 찔린 이나연은 고개를 푹 숙였다.

"근데 내가 볼 땐 네가 가진 재능이 딱 하나 있어."

"활 솜씨요?"

이나연이 눈을 빛내며 묻자 서문엽의 반응이 싸늘했다.

"돌았냐? 초인이 활 하나 못 쏘면 그게 인간이야?"

"……."

다시 시무룩해진 이나연.

사실 초인의 시력과 근력으로 활을 못 쏜다는 건 말이 되지 않았다.

화살에 얼마나 위력을 실을 수 있는지가 관건인데, 그녀는 오러양도 69/69로 평범했다.

"달리기야. 내가 볼 때 넌 누구보다 빨리 달릴 수 있는 재능이 있어."

"정말요?"

"그래, 달리기를 집중적으로 연마하고, 네 점프력까지 발휘되면 어떨까? 그러면서 활을 쏴대며 적진에서 꼬장을 부리면?"

그제야 그가 말한 '도둑년'의 실체가 밝혀졌다.

"끊임없이 적이 사냥하던 괴물의 마무리를 스틸하며 괴롭히는 거야. 그러다가 적이 잡으려고 달려들면 잽싸게 튀는 거고."

"견제 플레이를 하는 거네요?"

"그렇지. 아주 집요하게 견제만 하는 거야. 사냥에 방해되니까 그냥 놔둘 수는 없고, 그렇다고 잡자니 너무 빨라서 못 잡겠고, 아주 참다 참다 환장을 하게 만들란 말이야."

일리가 있었다.

천사소녀 넷티 얘기가 나왔을 땐 자신을 희롱하나 싶었는데, 확실히 논리적이었다.

그러고 보면 팀 내에서 달리기 속도는 가장 빨랐다.

답이 보이지 않았던 선수 생활에 한 줄기 빛이 내린 듯했다.

"그렇게 하면 정말 주전이 될 수 있을까요?"

"어. 잘하면 국가 대표도 된다."

"헉! 진짜요?"

이나연은 꿈을 꾸는 듯 눈빛이 몽롱해졌다.

"그러니까 이제부터 넌 육상 선수 됐다 셈 치고 죽어라 달리기만 하는 거야. 알았어?"

"네!"

"감독에게 말해놓을 테니까 일단 속도가 어느 정도 나오면 그때부터 던전에서 사냥 스틸을 연습하면서 실전 훈련에 들어가자. 진도는 네가 얼마나 속도를 끌어 올리느냐에 달렸어."

"네, 열심히 하겠습니다!"

"오케이, 그럼 이만 돌아가서 남궁지훈 불러와."

"네."

희희낙락한 이나연이 돌아가고, 잠시 후 남궁지훈이 나타났다.

"뵙게 되어 영광입니다! 서포터 남궁지훈이라고 합니다."

안경 쓰고 마른 체격을 가진 전형적인 멸치였다.

그래도 초인이라 몸에 근육이 붙어 있었지만, 이렇게 마른 초인은 처음 봐서 서문엽도 신기함을 느꼈다.

'이 팀은 별의별 웃긴 놈이 다 있네.'

17년 전, 실력과 명성이 있는 초인들하고만 어울렸던 서문엽이었다.

노는 물이 달랐던 그가 이런 밑바닥 초인들을 보게 되니 두루두루 신기한 게 많을 수밖에 없었다.

서문엽이 말했다.

"너 서포터 아냐."

"예? 저 서포턴데요?"

"서포터 아니라고."

"서포터 맞는데 뭔가 잘못……."

"개새꺄, 너 이제부터 서포터 아니라고."

험한 말이 튀어나오자 꿀 먹은 벙어리가 된 남궁지훈.

서문엽은 분석안으로 슥 봤다.

─대상: 남궁지훈(인간)

─근력 62/65

─민첩성 59/75

─속도 72/80

─지구력 58/63

─정신력 70/85

─기술 74/95

─오러 79/79

─초능력: 보호

─보호(초능력): 자신 및 타인에게 오러로 이루어진 얇은 보호막을 씌운다.

근력은 60을 넘겼으니 아슬아슬하게 커트라인 통과.

근접 딜러의 가장 중요한 지표인 민첩성과 속도는 현재는 59·72지만 재능은 75·80으로 합격점.

거기에 기술 74/95를 얼마나 연마하느냐가 관건이었다.

"내가 보기에 넌 근접 딜러로 더 재능이 있어."

"제가요?"

"넌 검술에 재능이 있거든."

"제 경기를 보신 적 있으세요?"

남궁지훈은 놀라 눈을 크게 뜨며 물었다.

찔끔한 서문엽은 대충 얼버무렸다.

"그런 것도 안 보고 팀을 인수했을까 봐?"

"하지만 전 순발력과 민첩성이 너무 낮아서……."

"그건 네가 지금까지 서포터로 훈련을 받았기 때문이야. 뒤에서 얼쩡거리며 보호나 거는데 무슨 민첩성이 늘겠어?"

"서포터는 그렇게 하찮은 포지션이 아닌……."

"닥쳐."

남궁지훈은 입을 다물었다.

"이 새끼 은근 말대답 또박또박하네. 네가 나보다 잘 알아? 너 무슨 7영웅이야? 최후의 던전 다녀와 봤어?"

"아뇨……."

꼰대에 빙의한 서문엽의 잔소리가 계속 나왔다.

"내가 7영웅에 서포터 뽑디?"

"아뇨……."

"형은 말이다. 서포터를 제일 싫어해. 왜인 줄 알아?"

남궁지훈은 고개를 저었다.

"서포터라는 놈들 10명 중 9명은 안 싸우고 뒤에서 얼쩡거려. 그럼 결국 아군은 한 명 부족한 채로 싸우는 꼴이란 말이야."

서문엽이 말을 이었다.

"단, 10명 중 1명은 서포터를 해도 돼. 왜인 줄 알아?"

"아, 아뇨."

"보조 초능력이 2개 이상이거든. 그래서 뒤에서 놀아도 충분히 제 역할 잘해. 근데 넌 보호 하나지?"

"네……."

고개를 푹 숙인 남궁지훈에게 서문엽이 이번에는 달래듯이 말했다.

"그러니까 내가 네게 무기를 하나 더 장착시켜 주겠다 이 말이야."

"그게 검술을 잘하는 서포터인가요?"

"서포트 초능력을 갖춘 근접 딜러다, 이 새꺄. 서포터에 겁나 집착하네. 아버지가 서포터였어? 그래서 유지를 잇는 거야?"

"아, 아뇨……."

"근데 왜 고집이야, 확 그냥!"

금방이라도 한 대 칠 것처럼 주먹을 불끈 쥐는 서문엽의 모습에 남궁지훈은 얼굴이 사색이 되었다.

'어릴 때 날 괴롭혔던 일진들이랑 똑같아!'

중학생 시절 일진들에게 괴롭힘을 받았던 아픔이 있는 남궁지훈.

그러다가 초인으로 각성한 덕에 더 이상 괴롭힘을 받지 않게 되었다.

남궁지훈은 특이하게 초인 각성과 함께 초능력도 각성한 케이스였다.

'보호'는 바로 그 못된 무리로부터 스스로를 보호하고픈 심리의 영향으로 탄생한 초능력인 것이다.

그러한 어린 시절의 아픔을 극복하기 위하여 배틀필드 선수가 되기로 하고 이 자리까지 왔다.

하지만 초인이 되고서도 소극적인 성격은 변함이 없었고, 초능력과 더불어 자연스럽게 서포터의 포지션을 지망하게 되었다.

직접 앞에 나가 싸우기보다는 뒤에서 동료들을 지원해 주는 소극적인 스타일.

그런 안일한 마인드 탓에 주전 자리를 따지 못하고 후보로 머물고 있는지도 몰랐다.

"앞에 나서서 싸우는 게 겁나?"

서문엽이 물었다.

움찔한 남궁지훈.

서문엽은 혀를 차며 말했다.

"근데 그따위 마인드 갖고는 평생 주전 못 돼. 네가 선수로서 성공할 수 있는 유일한 길은, 검술을 연마해서 근접 딜러가 되는 것뿐이야."

"…그러면 정말 성공할 수 있나요?"

"네 성공 여부를 왜 나한테 물어, 이 새꺄. 네가 얼마나 노력하느냐에 달린 문제지, 나더러 네 인생 보장하라고?"

"아, 아뇨."

"이 팀은 검술에 능한 인간이 없어 보이니까 검술 코치를 따로 고용할 거야. 무슨 말인지 알아? 무려 너 하나 때문에 코치를 하나 구하는 거라고. 그러니까 하기 싫으면 지금 말해."

"저, 그냥 서포터로 남고 싶으면 어떻게 되는데요?"

"뭘 어떻게 돼? 방출이지."

서문엽은 가차가 없었다.

"헉!"

"리그 꼴지 팀에서도 후보 선수로 영원히 살래, 아니면 한번 네 인생을 바꿔볼래?"

남궁지훈은 고개를 끄덕였다. 다른 선택의 여지가 없었다.

"근접 딜러가 되겠습니다!"

"그래, 분명히 네가 동의한 거다?"

"네……"

"나중에 포기하네, 적성에 안 맞네, 지껄여 봐라. 정말 사지를 분질러 버린다, 개시키."

"헉!"

"네가 결심한 거야. 참고로 난 널 때려죽여도 처벌을 안 받는단다. 이제 도망칠 구석 없어, 알았어?"

"네, 네……"

잔뜩 울상이 된 남궁지훈.

확실히 하나는 극복했다.

중학생 때 자신을 못살게 굴었던 일진들은 더 이상 두렵지 않았다.

일진 따위와는 차원이 다른 폭력적이고 질 나쁜 인간이 눈앞에 있었다.

남궁지훈과의 면담이 끝나고서도 서문엽은 나머지 2군 선수 2명을 더 만났다.

역시나 나머지 둘은 정말로 쓸모가 없었다.

능력치는 전체적으로 50대 초반에 잠재력도 60을 넘기지 않았다.

그러면서 정신력은 30대 후반에 와 있어서 서문엽을 눈살 찌푸리게 했다.

표정이나 말투는 힘든 2군 생활의 설움을 느끼지만 그래도 꿈이니까 열심히 노력한다는 투였는데, 그런 놈들 정신력이 30대 후반이란다.

'웃기는 새끼들이네.'

서문엽이 보기에는 2군의 설움이 어쩌고 토로하는데 정작 노력은 잘 안 하는 타입이었다.

몸은 훈련을 해도 정신은 딴 데 팔려 있는 그런 진중하지 못한 놈들 말이다.

'계약 기간이 남아 있으니 그냥 해고는 못 하겠군.'

딱히 나쁜 놈들인 건 아니었다.

다만 그저 평범한 사람일 뿐이었다.

곧 죽어도 노력은 안 하는 그런 나태한 일반인 말이다.

'특출한 잠재 능력이라도 숨기고 있었다면 쥐어 패서라도 노력하게 만들었을 텐데.'

그렇지도 않으니 그냥 제 놈들 팔자라고 여기기로 했다.

2군 선수 면담이 끝나고 얼마 되지 않아 최동준 감독이 왔다.

"면담은 끝나셨습니까?"

"어, 코치를 하나 더 구해야 할 것 같다."

"코치 말씀이십니까? 2명이나 있습니다만……."

14명밖에 없으니 코치는 2명으로 충분하지 않느냐는 소리였다.

"남궁지훈에게 검술을 가르칠 코치가 없어."

"걔는 서포터인데 그렇게 본격적으로 검술을 팔 필요가 있을까요?"

"있어, 걔 이제 근접 딜러로 포지션 바꿀 거야."

"네?"

선수 관리의 총책임자인 최동준 감독은 처음 듣는 소리라 깜짝 놀랐다.

"잘 들어. 남궁지훈은 검술을 집중적으로 가르쳐서 근접 딜러로 포지션 변경시킬 거야. 그리고 이나연은 달리기 능력을 키우고."

"그, 그게 효과가 있겠습니까?"

"다 이유가 있어서 시키는 일이야. 1군은 터치 안 할 테니까 걔들 둘은 내가 시키는 대로 지도해."

"아닙니다. 7영웅의 리더이셨던 구단주님의 말씀이라면 따라야죠. 1군 선수들에 대해서도 고견이 있으시다면 알려주시지 않겠습니까?"

최동준 감독은 오히려 1군도 좀 터치해 달라고 부탁했다.

하기야 팀을 꼴찌로 만든 감독이니, 자신만의 철학과 뚝심 같은 게 있을 리 없었다.

서문엽은 며칠 전 경기장에서 쭉 봤던 주전 선수들의 능력치를 떠올렸다.

디테일하게 기억은 안 나지만, 대체로 무엇이 가장 부족했는지는 기억하고 있었다.

"지구력을 최우선으로 보강해야 해. 지난번 경기 보니까 GT 나이츠인가 하는 놈들하고 지구력에서 차이가 많이 나더라."

"알겠습니다."

"솜씨 좋은 검술 코치 알아보고."

"예, 한번 수소문해 보겠습니다."

팀을 인수한 첫날은 그렇게 흘러갔다.

바이크를 타고 집으로 돌아가는 길에, 서문엽은 뜬금없이 고민에 빠졌다.

'근데 팀 이름은 뭐로 하지?'

*　　　*　　　*

〈서문엽, KB-2 한정실업 클럽 인수〉

〈서문엽, 배틀필드 클럽 구단주 됐다〉

〈KB-2 프로 팀 인수한 서문엽, 현역 선수 될 의사는 없나〉

〈한국 배틀필드는 서문엽이 필요하다〉

〈서문엽 고속도로에서 오토바이 폭주, 기행 시작? 시민들은 불만 없어〉

역시나 서문엽은 언론의 기대를 버리지 않고 또 기사를 양산했다.

그야말로 상부상조.

악어와 악어새의 관계가 이러할 것이다.

언론은 서문엽을 쫓아다니며 기삿거리를 얻는 대신, 비판적인 논조를 자제하고 객관적인 기사를 유지했으며 옹호적인 언론도 상당수였다.

그 옛날, 멸망의 공포에 무기력한 풍조가 만연했던 세상에 한 줄기 희망의 빛이었던 서문엽에게 악의적인 기사를 쓰는 언론은 극히 드물었다.

국민의 여론도 마찬가지.

이는 바이크를 타고 고속도로를 폭주한 기사에도 잘 드러

난다.

교통 체증이 잦은 한국에서 자동 주행 차량은 빠르게 상용화되었다.

운전을 인공지능에 맡기고 독서나 영화 감상, 낮잠 등을 즐기는 직장인이 상당수였다.

그러나 서문엽은 모두의 기대(?)를 배반하지 않고 바이크를 택했다.

막힌 고속도로를 갓길로 질주하는 패기!

헬멧 따위는 안 쓰는 남자다움!

취재에서 이를 목격했던 시민들의 발언은 하나같이 일관적이었다.

'서문엽인데 그럴 수 있지.'

'잘 타고 다니는 데 뭐라 하지 마라.'

'시원시원 잘 달려서 보기 좋다.'

'어차피 반사 신경 좋아서 교통사고 낼 일 없지 않냐.'

괜히 광화문에 동상이 있는 게 아니라는 것을 증명한 여론이었다.

"세상이 미쳐 돌아가고 있어."

뉴스를 본 백제호의 반응이었다.

"드라마나 틀어. 웬 뉴스야."

이젠 가죽 소파에 자기 화석을 남길 것 같은 서문엽은 덤덤히 반응했다.

네 식구와 함께한 아침 식사에서 먼저 쏜살같이 밥을 다 먹고 드러누워 버린 서문엽.

아빠가 뉴스 보는데 만화 보자고 칭얼거리는 철딱서니 없는 아들 같은 모습이었다.

그래서 아들이 없어서 아쉬워했던 한승희에게 예쁨을 듬뿍 받고 있었다. 이제는 나이 차이도 무려 22살이라 어색하지도 않았다.

"형, 삼촌 부럽다. 내가 저랬으면 가정 교육 잘못 받았다고 손가락질받았을 텐데."

백하연은 바이크를 타고 최대 속력으로 고속도로를 질주하는 서문엽의 영상을 TV로 보며 몽롱해졌다.

서문엽은 당연하다는 듯이 핀잔했다.

"하연아, 네가 저런 짓을 하면 삼촌한테 혼난다."

"너나 잘해! 넌 왜 못된 짓인 줄 알면서도 저러는 거야!"

백제호가 벌컥 성질을 냈다.

옛날부터 서문엽이 사고 치면 수습하던 포지션에 익숙한 탓이었다.

"나 하나쯤 저러는 건 큰 민폐가 안 되잖아. 근데 다른 초인들이 너도나도 따라하면 어떡해?"

"그러니까 모범을 좀 보이라고. 네가 아직도 어린 줄 알아?"

"나 아직 어리잖아. 괜찮아."

뻔뻔한 서문엽의 반응에 백제호는 불끈 쥔 주먹을 부르르 떨었다.

"엽이 씨에게 잔소리 좀 그만해, 여보. 뭐라 그러는 사람 아무도 없는데 왜 여보가 그래?"

극성 엄마 역할의 한승희가 오늘도 서문엽을 싸고돌았다.

"당신이 그렇게 감싸니 애가 저렇게 된 거 아냐?"

"어머나, 그게 내 탓이라고?"

"우리 엄마한테 뭐라 그러지 마, 이 자식아. 난 원래부터 이랬어."

서문엽과 한승희는 사이좋게 엄마 아들 놀이를 하며 키득거렸다.

지켜보는 백하연도 재미있다고 깔깔거렸고, 백제호만 저런 아들 둔 적 없다며 투덜거려야 했다.

뉴스는 구단주로서 배틀필드에 입문한 서문엽의 행보가 기대된다면서 끝났다.

"딱히 무슨 행보를 할 건 아닌데."

서문엽의 행보는 사실 어제의 선수 면담으로 끝난 것이나 다름없었다.

그 이상 뭘 한단 말인가?

팀 운영이고 나발이고 다 하던 사람들에게 맡길 생각이었다.

"선수 보강 안 해?"

백제호가 물었다.

"일단은 있는 선수들로 하게 놔둘 참이었는데?"

"선수 모집이나 한번 해보지 그래?"

"선수 모집?"

"네 이름 내걸고 모집하면 많이 자원할 거야. 그래 봐야 아마추어들이지만 그중에 쓸 만한 선수가 있을지 누가 알아?"

한국은 전체적으로 초인의 숫자가 적었기 때문에 배틀필드 클럽마다 항상 선수가 부족했다.

조금이라도 쓸 만한 선수는 다 소속 팀이 있으며, 선수 충원을 위해 소속 팀이 없는 선수나 아마추어를 대상으로도 시즌 중에 모집을 한다고 한다.

물론 이미 소속 팀이 있는 선수는 이적 시즌이 되어야 옮길 수 있지만, 클럽마다 선수를 보강하기 위해 노력 중이었다.

한정실업에 선수가 14명밖에 없는 것도 그런 이유가 포함되어 있었다.

'접속 모듈 살 돈도 없어 보였지만.'

공장이었던 흔적이 고스란히 남은 낡은 건물을 클럽하우스로 삼은 것만 봐도 참으로 궁상맞은 놈들이었다.

어쨌든 서문엽은 선수 모집에 대해 회의적이었다.

"배틀필드에 자질 있는 애들은 다 정상 루트 밟잖아. 선수 모집에 자원하는 애들 중에 인재가 있겠냐?"

"물론 찾기 어렵지. 다들 아마추어나 은퇴하고서 일자리를 찾지 못해 다시 선수로 지원했다거나 하는 경우가 대부분이니까."

백제호는 서문엽을 보며 말을 이었다.

"그런데 너라면 그중에서 쓸 만한 선수를 찾을 수도 있지 않을까? 연봉도 얼마 안 드는데 후보감이라도 찾아내면 이득이잖아."

그 말에 서문엽은 곰곰이 생각해 보았다.

'잘 찾아보면 남궁지훈이나 이나연 같은 애들이 있지 않을까?'

그 둘처럼 애매하지만 분명 특별한 재능이 있는 선수가 하나라도 발견된다면 공짜로 돈을 주운 거나 다름없게 된다.

'재미있는 애들이 있을지도 모르니까 한번 해볼까.'

초인들의 초능력은 비슷한 경우가 많지만, 독특한 초능력도 곧잘 출현한다.

서문엽의 분석안이나 불사만 봐도 알 수 있는 일이었다.

결국 백제호의 조언을 듣기로 한 서문엽은 최동준 감독에게 전화를 걸었다.

"동준 아우."

―네, 네. 구단주님.

최동준 감독이 어색한 목소리로 응답했다.

서문엽에게 아우라 불리는 게 익숙하지 않은 게 분명했다.

물론 뻔히 그걸 알면서도 아우라 부르는 것이 서문엽의 악랄한 심보라 할 수 있었다.

"선수 모집하자."

─정말이십니까?

"그럼 정말이지. 곤란한 이유라도 있어?"

─그게, 선수를 추가로 데리고 있을 운영비도 빠듯해서…….

"아오, 우리 이제 구질구질하게 살지 말자. 모집으로 추가 2군 더 뽑으면 2군 숫자대로 접속 모듈도 장만해 줄게."

─헉, 정말이십니까?

호들갑을 떠는 최동준 감독의 반응에 혹시나 싶은 생각이 든 서문엽은 백제호에게 물었다.

"접속 모듈 한 대에 얼마야?"

"2억 선이지."

"얼마 안 하네. 하여간 이놈의 땅거지 구단은."

─죄, 죄송합니다.

최동준 감독도 그 대화를 듣고 있었다.

"아무튼 바로 선수 모집 때려. 보통 선수 모집은 어떤 식으로 진행돼?"

─이력서 심사를 통해 추린 후에 피지컬 테스트로 뽑습니다.

"그럼 사흘 후에 피지컬 테스트 보자."

─알겠습니다. 바로 글 올리겠습니다. 근데 사흘은 너무 빠듯하지 않나 싶습니다. 저희가 워낙 인기 없는 팀이라 선수 모

집을 하는 줄도 모를 텐데…….

"아오, 가지가지 하네. 그건 내가 알아서 한다."

—가, 감사합니다.

송구함이 가득한 최동준 감독의 목소리.

그전에도 KB—2 최약체 클럽의 감독이라 '을'의 위치였던 최동준 감독은 서문엽이라는 막무가내 구단주를 만나 '병'을 넘어 '정'까지 2단계 더 하락한 듯한 저자세가 되었다.

통화를 끝마친 서문엽은 벌떡 일어나 밖으로 나섰다.

"어디 가?"

"잠깐 홍보 좀 하러."

바깥으로 나오자 저택의 철창 정문 바깥에서 진을 치고 있는 기자들이 보였다.

오늘도 서문엽이 기삿거리를 줄지 몰라 진을 치고 있는 것이었다.

정문으로 가까이 오자 옹기종기 앉아 노가리를 까고 있던 기자들이 벌떡 일어났다.

"먹고사느라 고생 많습니다."

서문엽의 인사에 기자들이 키득키득 웃어 보였다.

기자들에게 막말 퍼레이드를 일삼는 서문엽이었지만, 기삿거리를 잘 주기 때문에 은근히 사이가 좋았다.

"서문엽 씨, 한정실업 클럽을 인수하셨는데 특별한 이유라도 있습니까?"

"구단주로서 목표가 무엇입니까?"

"직접 선수로 뛰실 생각이 있으십니까?"

질문이 쏟아지자 서문엽이 그들을 진정시켰다.

"자자, 다 대답해 줄 테니까 대신 댁들도 내 부탁 하나 들어 주는 거야. 오케이?"

의아해진 기자들에게 서문엽이 설명했다.

"우리 팀이 사흘간 선수를 공개 모집 하니 많은 지원 바랍니다."

"아."

"그 부탁이구나."

납득한 기자들.

서문엽의 기사를 쓰면서 한 줄씩 선수 모집 이야기를 덧붙이면 그만이었다.

서문엽은 기자들의 질문에 막힘없이 답변을 해주었다.

"한정실업 클럽을 인수하신 이유가 뭡니까?"

"재테크."

"구단주로서 목표가 무엇입니까?"

"보물찾기."

"KB—2 우승 및 KB—1 승격을 목표로 삼고 계십니까?"

"음, 하면 좋지만 굳이?"

시원시원한 대답으로 딱히 구단주로서의 큰 포부가 없음을 알린 서문엽.

하지만 7영웅 동료 백제호를 발굴했던 서문엽이 또다시 자신의 안목을 발휘할 수 있을지 기자들은 무척 궁금해졌다.

그리하여 한정실업의 선수 모집은 각종 언론사들을 통해 대대적으로 알려졌다.

2부 리그 꼴지 팀 주제에 선수 모집 안건을 한국을 넘어 해외까지 널리 알릴 정도였다.

서문엽의 이름값이 부르는 파급력은 엄청났다.

그 결과…….

―구단주님, 이력서가 쏟아져 들어오고 있습니다!

최동준 감독이 호들갑을 떨었다.

"왜, 한 수천 통 돼?"

―그럴 리가요. 70건 돌파했습니다. 배틀필드를 할 수 있을 만한 초인이 어디 흔하겠습니까?

"근데 왜 호들갑을 떨고 난리야. 확 그냥!"

―그래도 엄청 많은 숫자입니다.

"일단 그 이력서 나한테 다 보내봐. 내가 뽑을 거야."

―예.

초인은 일단 누구나 각성하면 각국 협회에 의해서 피지컬 테스트를 받는다.

서문엽이 한 아바타 테스트와 동일한 것이었다.

때문에 수십 통의 이력서에는 이름, 나이, 성별, 초능력과 더불어서 근력, 민첩성, 오러양 측정 수치가 적혀 있었다.

스마트폰으로 이메일에 들어온 이력서들을 훑어보던 서문엽이 투덜거렸다.

"에이 씨, 이걸로는 잠재된 능력이 어느 정도인지 알 수가 없는데."

최혁처럼 근력 90의 잠재력을 가진 놈이 딜러를 하고 있는 나라였다.

당장 측정한 수치만 갖고는 그 사람의 가능성을 볼 수 없기에 답답했다.

"그래도 일단 거를 건 거르자."

나이가 35세 이상이거나 측정치가 너무 낮은 케이스는 제외시켰다.

아예 배틀필드 경험이 없는 경우도 어지간히 초능력이 좋지 않으면 제외시켰다.

그러고 나니 정말로 뽑을 사람이 없었다.

그러다가 문득.

"어라?"

특이한 케이스가 눈에 들어왔다.

―이름: 조승호
―나이: 22세
―성별: 남자
―근력: 329

—민첩성: 438

—오러양: 612

—초능력: 물건을 타인에게 전달, 눈에 보이는 장면을 타인에게 전달

—경력: 택배 기사 2년 차

택배계의 전설이 될 것 같은 놈이 있었다.

＊　　　＊　　　＊

경력을 쓰라고 했더니, 배틀필드 대신 택배 기사 경력 2년 차를 쓴 희한한 놈이었다.

"조승호라, 초능력이 희한하네."

물건을 타인에게 전달하는 능력.

그리고 눈에 보이는 장면을 타인에게 전달하는 능력.

뭔가 이용할 수 있을 것 같은데, 참 묘하게 쓸데없는 능력이었다.

배틀필드에서 누구에게 어떤 물건을 전달한단 말인가?

자기 무기는 자기가 다 알아서 챙기는 게 기본이고, 요즘은 무기도 점점 휴대하기 편하게 바뀌고 있어 개인이 충분히 넉넉히 챙길 수 있었다.

눈에 보이는 장면을 전달해 주는 게 좀 특이하지만, 이것도

결국은 한계가 있었다.

던전 내에서는 어차피 서로 떨어져 있어도 대화가 통하기 때문이다.

선수들끼리 쓰는 은어나 준말도 있어 짧은 말로 많은 의사소통이 가능하다.

결정타는 바로 이것.

―근력: 329
―민첩성: 438

분석안의 수치로 따지자면 근력 33에 민첩성 44 정도였다.

역도 중량급 올림픽 금메달리스트가 대략 20대 초반.

초인이 아닌 그들보다 1.5배밖에 안 세다는 뜻이다.

물론 초인은 기본 피지컬에 오러를 써서 더 강한 위력을 내긴 하지만, 어찌 됐건 선수로 쓸 수 없는 견적이었다.

"흐음, 근데 묘하게 눈에 밟히네."

서문엽이 원했던 재미있는 놈이었기 때문이리라.

그리고 눈에 보이는 것을 전달한다는 데서 특이함을 느꼈다.

'물건 전달이야 그냥 사람 대신 물건을 순간 이동 시킬 뿐이니 별거 없지만 시각은 달라.'

시각을 타인에게 전달한다는 것.

그것은 초능력으로 인해 발생한 오러 현상이 타인의 두뇌에 관여한다는 뜻으로, 결코 평범한 일이 아니었다.

어쩌면 이 녀석은 자신의 초능력의 실체를 다 알지 못하고 있을지도 모른다고 생각했다.

분석안으로 보면 어떤 실체가 드러날지 궁금해졌다.

일단은 5명 정도를 서류 면접에서 통과시켰는데, 조승호도 포함되어 있었다.

나머지는 그냥저냥 쓸모도 없고 재미도 없었지만, 일단 배틀필드 경력이 있어서 혹시나 숨겨진 재능이 있을지 몰라 포함시켰다.

그렇게 공고한 사흘이 지나자 면접이 시작되었다.

어느 때와 마찬가지로 바이크를 타고 나타난 서문엽은 한 명씩 면접을 보기 시작했다.

옆에 최동준 감독도 함께 있었지만 사실상 들러리였다.

"서문엽 님, 팬입니다!"

첫 면접자는 희멀건 얼굴의 청년이었다.

"예, 배틀필드는 고등학생 때 했다고요?"

"네, 제 길이 아닌 것 같아서 졸업하면서 포기했습니다."

"지금은 의지가 있고요?"

"아뇨."

"근데 여긴 왜 나타났어요?"

서문엽은 직설적으로 물었다.

면접자는 씨익 웃었다.

"서문엽 님을 열렬히 추종하는 팬입니다. 직접 존안을 뵙고 사인도 받고 싶었습니다."

"꺼져."

"네?"

서문엽이 문을 가리켰다.

"꺼지라고."

면접자는 당황했다.

"아무리 그래도 팬인데……."

"난 그런 거 안 키워. 꺼져."

"자자, 구단주님 진정하시고, 면접자도 이만 나가보세요."

근데 면접자는 뭐가 그리 충격인지 부들부들 떨더니 뺙 소리쳤다.

"좋아하고 찾아와 준 팬에게 어떻게 이런 식으로 대우합니까! 이 사실을 바깥에 알리면……!"

퍽!

"아악!"

면접자는 서문엽이 던진 스테이플러에 맞고 이마에 피를 철철 흘렸다.

"널리 알려, 개새야! 내 뉴스 한두 번 봐?"

"구, 구단주님, 제발 진정 좀!"

첫 번째 면접자는 피투성이가 된 채 꽁지 빠져라 도망쳤다.

"구단주님, 제발······. 저희 팀의 이미지에 큰 타격을 입힐 수 있는 일입니다."

"이 팀의 이미지가 뭔데?"

"그, 그건······."

"꼴찌만 밥 먹듯이 하는 승점 자판기, 팬은 하나도 없고 인터넷에 악플만 달리는 네티즌 먹잇감. 그리고 사실 대부분 이런 팀이 있는지도 모르다가 이번에 내 덕에 대중에 널리 알려졌지. 그걸 팀 이미지라고 갖고 있냐? 자랑스러워?"

"······."

감독으로서 거기에 책임이 있는 최동준 감독이 고개를 숙였다.

"그럴 바에는 차라리 미친 구단주가 있는 골 때리는 팀이 나아. 두고 봐, 이번 시즌이 끝나면 모두가 우리 팀을 알게 될 테니까."

말을 마친 서문엽은 바깥에 대고 소리쳤다.

"다음!"

서문엽이 소리치자 다음 면접자가 쭈뼛한 태도로 조심스럽게 들어왔다.

첫 면접자가 피투성이가 되어서 나온 걸 보고 겁먹은 것이었다.

분석안으로 확인해 본 서문엽은 역시나 별로여서 내심 한숨을 쉬었다.

그렇게 하나둘 보내고 나서 마침내 마지막 순서로, 원했던 인물이 나타났다.

"안녕하십니까, 조승호입니다."

공손히 인사하는 택배계의 스페셜리스트 청년.

평범한 키에 평범한 얼굴을 하고 있어서 어디서나 볼 수 있을 법한 흔한 인상이었다.

옆에 있던 최동준 감독은 이력서를 보더니 아주 살짝 한숨을 쉬었다. 아무리 봐도 쓸모가 없었으니 이번 선수 모집은 글렀다고 판단한 것.

하지만 서문엽의 반응은 달랐다.

'오오.'

—대상: 조승호(인간)

—근력 33/39

—민첩성 42/49

—속도 54/78

—지구력 39/45

—정신력 60/77

—기술 32/51

—오러 66/70

—초능력: 물체 전달, 시야 전달, 오러 전달

—물체 전달: 지니고 있는 물건을 3㎞ 이내에 있는 면식 있는 타인에게 전달한다.

—시야 전달: 눈에 보이는 풍경을 3㎞ 이내에 있는 면식 있는 타인과 공유한다.

—오러 전달: 자신의 오러를 가까이 있는 타인에게 전달한다.

'역시! 내 이럴 줄 알았어!'

일단 피지컬은 현재 능력도 재능도 쓰레기 확정이다.

그런데 초능력이 3가지였다.

본인이 각성하고도 알아차리지 못한 유니크한 초능력 말이다.

자신의 시야를 전달할 수 있을 정도로 오러의 특성이 유연하게 타인과 접속 가능하다면, 다른 것도 할 수 있다고 판단했다.

아니나 다를까, 오러 전달이 있지 않은가!

자신의 오러가 타인에게 거부감 없이 받아들여진다는 뜻이었다.

"2001년생이네?"

"네."

"이나연도 비슷하지 않나?"

최동준 감독이 고개를 끄덕였다.

"네, 동갑입니다. 근데 나연이는 뜬금없이 왜……."

"이건 운명이군."

영문을 모르는 최동준 감독을 무시하고, 서문엽은 이미 조승호의 입단을 확정 지어놓고 있었다.

"조승호 씨."

"네, 구단주님!"

조승호는 힘차게 대답했다. 면접 중이라 군기가 바짝 든 모습이었다.

"택배 기사 경력을 적으셨던데, 배틀필드 경력은 있습니까?"

"없습니다."

"근데 어떤 동기로 지원하셨습니까?"

"배틀필드 선수가 꿈이었습니다. 저도 제 체력 측정 결과가 안 좋다는 건 알지만, 서포터라면 가능하지도 않을까 싶어서요."

"궁금한 게 몇 가지 있어요."

"네, 말씀 편하게 하셔도 됩니다."

"어, 그래. 일단 물건을 전달하는 능력 말인데. 멀리 떨어져 있어도 가능해?"

"네, 대략 2.5㎞ 정도까지 시험해 봤습니다."

'실은 3㎞지.'

서문엽은 분석안으로 조승호 본인보다 더 잘 알고 있었다.

"근데 멀리 떨어져서 안 보이는 사람에게 물건을 보내려면, 일단은 그 사람이 어디에 있는지부터 파악해야 하잖아?"

"네, 대략적인 위치를 탐지해야 합니다."

"그래, 바로 그거야. 범위 안에만 있으면 일단 찾을 수 있다는 거잖아?"

"아, 네. 생각해 보니 그렇게 되네요. 근데 자동으로 탐지되는 게 아니라 제가 일일이 찾아야 해서요."

"괜찮아. 던전에서는 적이 있을 위치가 한정적이니까. 이건 쓸 만하겠어. 그렇지, 동준 아우?"

"아, 네. 그렇긴 합니다만……."

아직도 영 못 미덥다는 최동준 감독.

정찰용으로나 쓰자고 싸움도 못하는 선수를 받자니 너무 비효율적이었다.

하지만 서문엽은 머릿속으로 그리고 있는 그림이 있었다.

"좋아, 널 영입한다."

"감사합니다!"

조승호는 뛸 듯이 기뻐했다.

"진심이십니까, 구단주님?"

최동준 감독이 걱정스레 물었다.

"쟤는 이나연의 좋은 파트너가 될 거야."

"네?"

그렇게 조승호를 영입하는 계약이 급히 체결되었다.

조건은 최저 연봉 계약이었는데, 배틀필드 경력이 일천한 조승호이니 당연했다.

하지만 서문엽은 출전 수당과 승리 수당 옵션을 좋게 챙겨 주었다.

이나연과 함께 활약해야 할 선수였으니 말이다.

*　　　*　　　*

선수 모집이 끝나고 회식이 있었다.

구단주로서 선수들과 정식으로 인사도 나누고, 새로 합류한 조승호도 소개할 겸이었다.

가까운 갈빗집에 모두 모였는데, 선수들 중 한 사내가 서문엽에게 다가와 인사했다.

"안녕하십니까, 구단주님! 한정실업 팀의 주장 노정환입니다."

"어, 그래."

노정환은 29세의 탱커로, 서문엽이 눈여겨봤던 3인 중 하나였다.

―대상: 노정환(인간)

―근력 82/87

―민첩성 65/65

―속도 64/69

―지구력 60/85

—정신력 79/83

—기술 66/76

—오러 70/70

—초능력: 육체 강화

—육체 강화(초능력): 근력, 민첩성, 속도, 지구력을 30초간 25% 강화한다.

'특이한 점 없는 정석 탱커라 재미는 없지만, 잘 키우면 국가 대표 보조 탱커로 활약할 수도 있을 거야.'

서문엽이 볼 땐 그나마 이 팀이 클럽답게 돌아가는 게 노정환이 버티고 있어서라고 생각했다.

"코치진도 보강하고 접속 모듈도 추가로 구비하신다는 말씀은 들었습니다. 선수 대표로서 투자에 감사드리고, 절대 실망시켜 드리지 않도록 노력하겠습니다."

남자답게 생긴 인상의 노정환은 모범생 같은 인상이었다.

"됐어, 됐어. 부담 갖지 마. 당장 뭐 좋은 성적을 바라진 않아."

노정환을 보내놓고, 서문엽은 이나연과 조승호에게 손짓했다.

"넷티 이리 와봐. 승호도."

"네!"

이나연과 조승호가 옆자리에 앉았다.

서문엽은 두 사람에게 소주를 따라주며 말했다.

"서로 인사는 나눴어?"

"네, 새로운 2군 동지잖아요."

이나연이 씩씩하게 대답했다.

요즘 서문엽에게 선수로서 나아가야 할 비전을 제시받고서는 희망에 들떠 기분이 좋아진 이나연이었다.

"너희 둘은 앞으로 떼려야 뗄 수 없는 파트너니까 친하게 지내야 한다."

"파트너요?"

이나연의 눈이 커졌다.

"그래, 천사소녀 넷티를 보면 정보도 물어다 주고, 기도로 죄책감을 덜어주기도 하면서 뒤에서 조종하는 흑막 수녀가 있어."

"그렇게 못된 애들 아니던데요?!"

이나연이 불만을 드러냈다.

실은 서문엽에게 이야기를 듣고 천사소녀 넷티를 찾아서 열심히 본 그녀였다.

서문엽은 조승호를 가리켰다.

"얘가 바로 그 수녀다."

조승호의 눈이 휘둥그레졌다. 무슨 이야기를 하는 건지 전혀 못 알아들은 눈치였다.

하지만 서문엽의 머릿속에는 이미 두 사람의 콤비 플레이가 그려지고 있었다.

'쏠 수 있는 화살은 한정되어 있지. 들고 다닐 수 있는 화살 숫자도 한정되어 있고, 오러도 약간씩이지만 소모되고.'

그랬다.

조승호는 화살 셔틀, 오러 셔틀, 그리고 덤으로 정찰 도우미였다.

조승호를 믿고서 계속 펄쩍펄쩍 슈퍼마리오처럼 뛰어다니며 적진에서 꼬장을 피우는 이나연의 모습이 상상된다.

아마 적 팀에서는 뭐 저런 미친년이 다 있냐고 짜증 낼 것이다.

'이 세상에 없는 스타일이지.'

그 개그 같은 경기를 보길 기다리며 서문엽은 실실 웃었다.

—
제5장

대활약

육상 코치와 검술 코치가 팀에 고용되었다.

검술 코치는 전직 배틀필드 선수였는데, 분석안으로 보니 기술이 86/87로 높은 편이어서 고용을 결정했다.

검술 코치는 주로 남궁지훈을 집중적으로 봐주기로 했다.

육상 코치는 초인이 아니었지만, 초인 스포츠 의학을 공부하였고 가르쳐 본 경험도 꽤 있었다.

육상 코치는 모든 선수를 지도하지만, 이나연과 조승호를 특히 집중적으로 지도해 달라고 특별히 당부했다.

이나연은 속도 재능 100을 꼭 채워야 했고, 조승호는 그나마 바닥이 아닌 재능이 속도 54/78밖에 없었기 때문이다.

두 사람을 특별히 지목하자 50대 중반의 육상 코치는 서문엽에게 물었다.

"제가 두 사람에 대하여 특별히 알아야 할 정보가 있습니까?"

"음, 굳이 있다면 달리는 목적이 잘 도망치기 위해서라는 것정도?"

"그렇군요. 잘 알겠습니다. 그런데 놀랍군요."

육상 코치는 전속력으로 클럽하우스를 돌고 있는 이나연과 조승호를 응시했다.

"저 중에 이나연 선수는 재능이 있어 보입니다. 저야 이 방면의 전문가라 달리는 폼을 보면 알지만, 구단주님은 어떻게저 재능을 알아보셨습니까?"

"근육의 발달 상태와 여러 가지?"

물론 헛소리였다.

분석안의 존재는 누구에게도 말하고 싶지 않았다.

치트 키 쓰며 인생 산다는 말을 굳이 왜 하나?

"정말 놀랍군요. 백제호 씨를 발견하신 분답습니다."

"뭐, 어쨌든 다양한 던전 지형에서 달려야 하고, 이나연 재는 달리다가 점프도 많이 할 겁니다. 그 점 감안해서 가르쳐줘요."

"예, 이나연 선수는 당장 달리는 폼만 교정해도 효과가 나타날 겁니다."

"잘 부탁합니다."

선수들은 집중 훈련에 들어갔다. 코치 2명이 새로 합류하며 팀의 분위기가 활발하게 바뀌었다.

접속 모듈 5대를 추가로 구매하면서 더 다양한 훈련이 가능해진 덕도 있었다.

참고로 클럽하우스 입구에 한정실업이라고 적힌 간판은 교체되었다.

YSM 배틀필드 클럽.

한정실업이라는 듣기만 해도 안쓰러워 보이는 낡은 이름을 버리고 서문엽 자신의 약자로 팀명을 교체한 것이다.

세계의 영웅인 서문엽의 이름이 들어가니 팀의 분위기도 바뀐 것은 당연했다.

'영웅 서문엽의 이름을 달고 뛰는 거다.'

'더 이상 옛날처럼 죽을 쒀서는 안 돼.'

'서문엽의 이름을 달고 부진하면 전 국민에게 욕먹는다.'

자부심 반, 부담감 반.

아무도 관심 안 주는 팀에서, 배틀필드를 모르는 사람들까지 전 국민의 관심을 받는 팀으로 변했다.

선수들은 강한 의무감을 안고 훈련 및 경기에 임했다.

그 결과 프로리그 초반의 승률은 약 35%.

역시나 승리보다 패배를 더 많이 했지만, 작년까지만 해도 30%도 안 됐던 걸 감안하면 기적 같은 일이었다.

물론 서문엽은 마음가짐의 문제 같은 뜬구름 잡는 정신론을 싫어했다.

　객관적인 수치로 따지는 서문엽의 사고방식은 분석안이라는 초능력으로 발현되었을 정도였다.

　"지구력 위주로 훈련을 한 성과가 서서히 나타나고 있는 거야."

　—예, 그렇습니다. 말씀하신 대로 지구력을 키웠더니 확실히 지난 시즌보다 더 지치지 않고 오래 싸우게 됐습니다.

　"노정환은?"

　—이제야 빛을 보는 것 같습니다. 주장으로서의 의무감이 있다 보니 누구보다도 열심……

　"그러니까 지구력이 올라갔으니 더 오래 훈련받고, 오래 싸울 수 있는 거라고."

　—그, 그런 것 같습니다.

　"한 번만 더 정신론 꺼내봐라. 아주 정신적으로 훈련시켜 주마."

　—지금 이미…….

　"뭐?"

　—아, 아닙니다.

　서문엽은 이런 식으로 최동준 감독까지 훈련시키고 있었다.

　무능할수록 수학·객관성에 약하다는 것이 서문엽의 지론

이었다.

최동준 감독은 고취 능력으로 선수들의 사기를 잘 유지한다는 장점이 있었지만, 아니나 다를까 정신론을 자주 입에 올리는 습성이 있었다.

'그래서 고취 능력이 생긴 거겠지만.'

고취와 더불어 회복 능력도 있어서 혹시 모를 사고로 인한 상처도 치료할 수 있는 재원이라 나름 아끼고 있었다.

물론 이게 아끼는 거냐며 최동준 감독이 황당해하겠지만 말이다.

"넷티랑 승호는?"

─예, 육상 코치가 실력이 좋은지 확실히 빨라졌습니다. 지금은 다양한 던전에서 도망치는 훈련을 하고 있습니다. 겸사겸사 주전 선수들은 도망치는 적을 몰이사냥하는 훈련을 하고 있고요.

팀 전술에서 중요한 부분 중 하나는, 견제를 하러 온 소수의 적을 처리하는 일이었다.

그걸 못하면 계속 견제를 당해 무너지는 전형적인 약팀이 되는 것이었다.

바로 그 전형적인 약팀인 YSM은 후보 콤비인 이나연·조승호와 함께 가장 필요했던 전술 훈련을 하게 되었다.

그렇게 새 시즌을 시작한 지 3개월이 지났다.

한동안 드라마만 몰아 보다가 슬슬 질린 서문엽은 오랜만에 바이크를 타고서 강화도의 클럽하우스로 달려갔다.

"구단주님, 오셨습니까!"

최동준 감독과 코치진이 일제히 인사했다.

"애들은?"

"훈련 중입니다."

"어디 좀 보자."

던전은 서문엽도 잘 아는 아즈사의 나선 굴이었다.

1구역에서 사냥을 시작한 주전 멤버들.

그런데 이나연과 조승호가 함께 전속 질주로 던전을 가로질러 1구역으로 달리고 있었다.

이나연이 앞장서서 화살을 쏘고 점프를 하며 괴물들의 주의를 끌면, 그 틈에 조승호가 빠져나갔다.

이나연이야 엄청난 점프가 있으니 언제든 몸을 뺄 수 있었다.

"와, 슈퍼마리오 타임 어택 같다."

"하하……."

그런 식으로 3─1 구역까지 도달했다.

두 사람은 사냥을 통해 3─1 구역의 괴물들을 정리한 뒤, 조승호는 그곳에서 대기하기로 했다.

물체 전달을 할 수 있는 3㎞ 이내까지 접근하는 데 성공한 것.

"일단 승호가 안전하게 대기할 곳을 마련하기 위해서 시간이 좀 걸리네?"

서문엽의 말에 최동준 감독이 고개를 끄덕였다.

"네, 그런 것 같습니다."

"그럼 앞으로는 딜러 1명을 더 끼게 해. 그래야 딜러가 조승호와 함께 사냥하는 동안 이나연은 바로 적진으로 떠나지."

"아, 앞으로 그렇게 하겠습니다."

"남궁지훈이 좋겠다. 보호도 할 줄 아니까 위험을 줄일 수 있을 거야."

"네."

마침내 이나연의 견제 플레이가 시작되었다.

1구역에서 화살을 쏘며 주전 멤버들의 사냥을 방해하는 이나연.

사냥 중이던 괴물의 마무리를 스틸하거나, 괜히 얼굴을 향해 화살을 쏴서 시비를 걸기도 했다.

성질이 난 딜러가 달려오자 그대로 점프!

공중에서도 계속 화살을 쏴대며 사냥 스틸에만 몰두한다. 쫓아오는 딜러는 아예 무시하는 모습이었다.

"잘한다."

서문엽이 고개를 끄덕이며 평가했다.

1─1 구역에서 사냥하던 4인의 주전 멤버는 진저리가 난다는 표정이었다.

이나연이 마치 같은 편인 양 혼자 나타나 그들과 함께 사냥을 하는 듯한 모습이었던 것이다.

막타 스틸.

무시하고 사냥에 열중하려고 해도, 간간히 화살을 쏴서 성질 돋우기.

정신 사납게 이리저리 점프를 해대며, 계속 마크를 하고 있는 딜러가 불쌍해지게 만들었다.

그야말로 슈퍼마리오, 천사소녀 넷티, 톰과 제리의 조합 같은 악랄함이었다.

"저런 플레이는 난생처음 봅니다."

최동준 감독도 감탄하면서 한마디 했다.

마침내 참지 못한 주전 멤버들이 우르르 달려들었지만…….

파앗!

그냥 냅다 점프!

점프로 따돌린 후에 전력 질주로 달아났다.

그중 팀 내에서 준족이라 평가받는 근접 딜러들이 추격에 나섰지만 이나연은 저만치 거리를 벌리며 여유롭게 따돌린 뒤였다.

"정말 빨라졌습니다. 저러다가 우리나라에서 가장 빠른 선수가 될지도 모릅니다."

"캬, 역시 내 눈이 옳았어. 쟤 좀 봐. 계속 잡힐 듯 말 듯 일정 거리를 유지하며 약을 올리잖아. 역시 사람 열받게 만드는 데는 타고났어."

점프할 때마다 찰랑거리는 포니테일이 귀엽다.

근데 생긴 것과 달리 하는 짓은 진상이 따로 없었다.

조승호도 웃겼다.

3-1 구역에서 조용히 쪼그리고 앉아, 잔뜩 짊어지고 있던 화살통을 하나씩 이나연에게 전달해 줄 뿐이었다.

가끔 이나연이 찾아와 오러를 공급받고는 다시 떠났다.

그랬다.

조승호는 자신의 또 다른 초능력인 오러 전달을 깨달았다. 물론 서문엽이 가르쳐 준 덕이었다.

덕분에 초능력이 3가지나 되는 서포터가 되었는데, 막상 본인은 별로 할 게 없는 몸이 되었다.

"쟤는 계속 저러고 있는 거야?"

"네, 아무래도 혼자서는 못 돌아다니니까요. 누가 데리러 오기 전에는 늘 저 상태입니다."

"내내 저러고 있으면 불쌍하잖아?"

서문엽의 말에 최동준 감독이나 코치진도 할 말을 잃었다.

보기에 불쌍해 보이긴 했다.

"안 되겠다."

서문엽은 모종의 결심을 했다.

"불쌍해 보이는 것보다는 차라리 웃긴 게 나아."

"그게 무슨 말씀이신지……."

"훈련 끝나면 넷티, 승호, 지훈이는 나랑 면담 좀 해야겠다."

"알겠습니다."

훈련이 끝났다.

쌩쌩한 이나연, 조승호에 비해 주전 멤버들은 녹초가 되었다.

어차피 아바타라 몸이 힘들 일은 없지만, 정신적으로 피폐해진 것이다.

서문엽이 그들에게 물었다.

"당해보니 어땠어?"

대표로 노정환이 말했다.

참고로 노정환도 지구력이 60에서 65로 올라와 있었다.

"노이로제에 걸릴 것 같았습니다. 사냥 속도도 보통의 2배가량 느려진 기분이고요."

실제로는 1.5배 정도 느려졌지만, 그들이 체감하기에는 더 느렸다는 뜻이었다.

"상대 팀이 초반부터 이렇게 당한다고 생각하면 어때? 대신 우리는 2명이 빠지고 9명이서 사냥을 해야 하는 거고."

"저 짓에 당하느니 9명이서 사냥하는 게 훨씬 낫습니다."

노정환은 확신에 찬 어조로 말했다.

서문엽은 이나연에게 손짓했다.

"넷티야, 너도 이리 와봐."

"넹!"

3개월 만에 본 이나연은 헤어스타일만 포니테일로 변한 게 아니었다.

—대상: 이나연(인간)

—속도 87/100

—지구력 53/53

—정신력 70/73

그야말로 폭풍 성장이었다.

속도는 육상 코치에게 전문적으로 훈련받으니 79에서 87로 확 뛰었고, 지구력도 49에서 53을 꽉 채웠다.

더 놀라운 변화는 정신력.

기존에는 59였는데 이제는 70으로 무려 11이 올랐다.

그동안 자신감을 찾으면서 생긴 긍정적인 변화 같았다.

"헤헤, 구단주님. 저 잘했죠?"

확실히 전보다 확연히 밝아진 이나연.

"그래, 사람 살살 열받게 만드는 게 딱 내가 원하던 이미지였어."

"히히히."

이나연은 그것도 칭찬이라고 기뻐 어쩔 줄을 몰라 했다.

"자, 그럼 간담회를 열어보자. 주전들, 넷티가 어떻게 해야 더 열이 받을지 하나씩 아이디어를 제시해 봐."

그 말에 주전들은 기다렸다는 듯이 한마디씩 의견을 말했다.

"얼굴! 얼굴에다가 화살을 쏘면 면전에 침 뱉은 것처럼 기분이 확 더러워."

"계속 웃어. 웃는 거 보면 더 열받더라."

이게 불만을 토로하는 건지 아이디어를 제공하는 건지 알 수 없었다. 그런데 진지하게 메모를 하는 이나연도 웃겼다.

"근데 뭐니 뭐니 해도 트래시 토크지."

"맞아, 그게 좀 아쉽더라."

주전 선수들이 고개를 끄덕이며 공감했다.

"엑? 그건 못해요……."

이나연이 당혹감을 느끼자, 주전 선수들이 열을 내며 주장했다.

"그래, 우리는 같은 편이니까 하면 안 되지. 근데 트래시 토크만 겸비되면 넌 최강이야."

"성적인 농담 같은 걸 던져보라고! 오빠 그거밖에 안 돼? 같은 거. 아주 멘탈 나갈걸?"

"그러다 현피라도 하겠다고 덤비면 퇴장이니 우리 팀은 개 이득이지."

이나연은 울상이 되었다.

하지만 서문엽도 이미 고개를 끄덕이며 동의하고 있었다.

"좋아, 넷티. 넌 다음 경기 출전이다. 조승호도 같이."

그러고는 조승호에게도 귓속말로 뭐라고 속삭였다.

조승호는 눈이 휘둥그레졌다.

"정말 그래도 돼요?"

"그래, 그게 다 퍼포먼스야. 너도 불쌍한 놈보다는 웃긴 놈이 낫잖아?"

"그야 그렇죠. 알겠습니다, 해볼게요."

조승호는 의외로 시키는 일을 뭐든 곧잘 하는 타입이었다.

'설마 내가 배틀필드 경기를 기다리는 날이 올 줄이야.'

서문엽은 뿌듯함을 느꼈다.

어서 공식 경기에서 자신이 구상한 광경이 펼쳐지는 것을 보고 싶었다.

어린아이가 블록을 갖고 놀듯이, 이게 또 묘하게 결과물이 기대되는 것이었다.

*　　　　*　　　　*

이틀 후, YSM의 경기가 있었다.

상대 팀은 인천 BC.

인천시에서 창단한 배틀필드 클럽으로, 현재 KB—2 4위를 달리는 중이었다.

시에서 재정 지원을 하는 만큼 선수 영입에 비싼 돈을 투자하지는 못하지만, 최소한 강화도에서 찌그러져 있던 한정실업보다는 훨씬 여유가 있는 클럽.

꾸준히 6위 이상을 유지하기 때문에 KB—2에서는 나름 강

팀이었고, YSM은 이들을 상대로 새로운 전술을 시험하게 되었다.

이나연.

조승호.

남궁지훈.

후보 선수 3명이 새로이 주전으로 이름을 올린 것이었다.

한정실업이었던 시절에는 선수층이 빈약해 365일 사계절 변함이 없었던 주전 멤버가 확 달라진 순간이었다.

―오늘은 전 한정실업, 현 YSM 팀의 중대한 분기점이 될지도 모르는 경기가 아닐까 생각됩니다.

―예, 서문엽 구단주가 새로 온 뒤에도 주전 스쿼드 구성에 변화가 없었던 YSM인데요, 오늘 드디어 새로운 선수들이 대거 출전했습니다.

―선수 교체를 쉽게 하지 않는 배틀필드의 특성상, 3명이나 바뀌었다는 것은 전술적으로 큰 변화가 일어날 수밖에 없습니다.

―새 전술이 과연 효과를 거둘 것이냐, 그리고 인천이 YSM의 새 전술에 잘 대처할 것이냐가 관건입니다.

―그리고 오늘은 경기장에 서문엽 구단주가 직접 관람을 왔습니다.

경기장 VIP석.

VIP 부스 안에 뷔페식으로 차려진 음식을 접시에 잔뜩 담아서 바깥 좌석에 앉은 서문엽이 보였다.

다른 손에는 따로 챙겨온 독한 보드카가 한 병 들려 있었다.

"와아아아아아!!"

"서문엽! 서문엽!"

관중들이 환호하자 서문엽은 무슨 일인가 싶어 대형화면을 바라보았다.

거기에 자기 얼굴이 대문짝만하게 있자 피식 웃고는 살짝 고개를 끄덕여 보였다.

환호성이 더 커지자 서문엽은 웃는 얼굴을 유지한 채 중얼거렸다.

"새끼들 겁나 좋아하네."

"뭐라고요, 엽이 씨?"

뒤에서 여자의 목소리가 들렸다.

"아무것도 아니에요."

함께 경기 관람을 온 여자는 바로 한승희였다.

이제는 제수씨라는 말이 무색해진 22살 연상의 친구 아내.

그러나 초인의 동안 체질과 피나는 관리로 여전히 젊은 그녀였다.

역시나 접시에 디저트를 담아 온 그녀는 서문엽과 보드카를 나눠 마시며 두런두런 잡담을 나눴다.

"경기장은 오랜만에 와요."

"그래요?"

"하연이 데뷔했을 때 몇 번 응원하러 갔고, 그 뒤로는 못 와 봤어요."

"제호 경기는요?"

"대표 팀 경기력이 좀 올라오기 전에는 오지 말래요."

"한 번도 못 가보셨구나."

"네, 계속 부진하더라고요."

"쯧쯧, 못난 놈."

"호호, 엽이 씨네 팀은 좀 다른가요?"

"세상에서 가장 재미있는 경기를 보게 되실 겁니다."

"어디 엽이 씨가 어떤 팀을 만들었는지 솜씨를 한번 볼까요?"

"흐흐, 기대해 봐요."

인천 배틀필드 경기장에 관중들이 상당히 많았다.

4만 관중석 중 3분의 2가량이 채워져 있었는데, 인천 BC를 응원하는 인천 시민들이었다.

2부 리그이긴 하나 배틀필드는 인기 있는 스포츠였다.

세상에서 제일 재미있는 게 싸움 구경이니 당연했다.

심지어 일반인이 아닌, 슈퍼 히어로 영화처럼 파바박 움직이는 초인들의 휘황찬란한 전투!

우리 지역 초인들이 더 싸움을 잘한다고 경쟁하게 되는 원초적인 재미가 있어, 시민 구단처럼 뚜렷한 연고지가 있는 클럽이 인기가 좋았다.

그런 의미에서 클럽하우스가 강화도에 처박힌 YSM은 참으로 안쓰러운 처지라 하겠다.

그래도 서문엽이 구단주가 되면서 대부분이 상대 팀 팬인 관중들의 반응도 호의적으로 변했다.

"YSM도 힘내라!"

"이 자식들아, 똑바로 해! 구단주 돈 까먹지 말고!"

"구단주가 직접 경기 뛰면 YSM로 갈아타겠다!"

"저런 개허접들 말고 구단주 나오라 해!"

"연봉 값을 하란 말이야! 너희도 서문엽한테 기부받은 불우이웃이냐?"

물론 서문엽에 대한 호의지 YSM에 대한 호의는 아니었다.

한쪽은 응원, 다른 쪽은 야유와 조롱을 받으며 입장하는 양 팀 선수들.

자기 팀 선수들을 보며 서문엽은 미소를 지었다.

'무시와 조롱의 대상이 되느니, 미친 또라이들이 되어라.'

팀을 서서히 자기 색깔로 물들이려 하는 구단주였다.

—1세트 던전은 위저드 캐니언입니다. 오러 공학으로 구성된 초현실적인 지형이라 흥미진진한 곳이죠.

─지상전뿐만이 아니라 수중전에 공중전까지 펼쳐지는 던 전이라 선수들의 기동성과 임기응변이 중요합니다. 자, 그럼 1세트가 지금 시작합니다!

1세트가 시작되었다.

선수들의 아바타가 나타난 곳은 엄청난 규모의 계곡이었다.

크고 작은 섬들이 공중에 떠 있는 초현실적인 지형.

크기가 제각각인 섬들은 위아래로, 혹은 좌우로 저마다 규칙적으로 움직이고 있었다.

그중 한가운데에 있는 가장 큰 섬에는 와이번들의 산란장이 있어서 자칫 잘못하면 와이번 떼의 습격을 받아 먹잇감으로 전락하게 된다.

"아, 저기도 어딘지 알겠다."

서문엽은 감회에 젖었다.

모델이 된 실제 던전은 서문엽이 공략했던 곳이었다.

"옛날에 남편이랑 가보셨죠?"

한승희의 물음에 서문엽은 고개를 끄덕였다.

"제 시점에서는 3년 전쯤이죠. 저 작은 섬들을 타고 올라가야 하는데, 저것도 은근히 미로처럼 되어 있어서 잘못하면 헤매죠."

"이렇게 봐도 무서운데 실제로 저기서 목숨 걸고 싸웠으면 대단했겠어요."

"아주 죽죠. 근데 섬을 타고 가장 높은 섬으로 올라가는 길이 정해져 있어요. 길에서 벗어난 섬을 타면 와이번들이 습격해요."

"가장 높은 섬에는 뭐가 있는데요?"

"던전을 지탱하는 마력석과 지저인들의 성채가 있었죠. 지금은 모르겠지만요."

배틀필드 시스템은 지저 문명의 던전이나 지저 괴물들은 구현했지만, 지저인은 구현하지 못한 것으로 알고 있었다.

그렇다면 위저드라는 코드명으로 지정되었던 지저인들의 요새도 없을 가능성이 높았다.

하늘에 떠 있는 섬들은 지름 10m의 작은 섬부터 300m가 넘는 큰 섬까지 크기가 다양했다.

움직이는 패턴도 다양해서 정신 사나워질 지경.

하지만 서문엽은 금세 과거 경험을 떠올려 위로 올라가는 정상 루트를 파악할 수 있었다.

"실제랑 똑같이 만들었네요. 두 팀이 이용할 수 있도록 두 가지 루트로 개조되었지만요."

"금방 파악하시네요?"

"제가 저 던전 깬 장본인입니다."

서문엽이 거들먹거리자 한승희는 웃으며 칭찬해 준다. 정말 모자지간 같은 두 사람이었다.

"그때 캐나다 정부한테 수당 엄청 받았는데. 던전만 아니었으면 관광지로 남겨놓고 싶었어요."

"아, 그렇지 않아도 휴양용 던전을 만들어 일반인을 대상으로 한 상품으로 개발한다는 이야기는 들었어요."

"그래요?"

저런 데서 하루를 보내는 것도 즐거울 것 같다는 생각이 들었다.

그러면서 새삼스럽게 이제 던전을 보는 시각이 흥미 위주가 되었다는 것을 느낀다.

─경기가 시작되자마자 YSM의 세 선수가 움직이기 시작합니다.

─4─4─3인가요?

언뜻 보기에는 4─4─3 같아 보이긴 했다.

11명의 선수가 4인, 4인, 3인으로 나뉘어져 각기 다른 지역에서 사냥을 하는 모양새였다.

하지만 그중 3인은 사냥을 하지 않고 그대로 던전을 가로지르기 시작했다.

─3인조가 계속 움직입니다. 이건 인천 선수들이 있는 지역으로 향하는 것 같습니다.

―시작부터 견제를 펼치는 건가요? 이거 YSM이 준비한 특별 전략이 벌써 나오는 것 같습니다.

―그러고 보면 저 3인 모두 이번에 첫 출전이네요.

하늘을 떠다니는 섬.

이나연의 점프가 더욱 빛을 발하는 지형이었다.

파앗!

이나연은 점프로 위로 올라가던 섬에 뛰어올랐다.

그렇게 계속 점프를 하며 섬과 섬을 건너뛰며 단독으로 앞서 나가기 시작했다.

이나연이 점프를 할 때마다 관중들 사이에서 오― 하는 탄성이 터져 나왔다.

―와, 정말 시원시원하게 뛰어다니네요. 엄청난 속도로 던전을 횡단하고 있습니다.

―이나연 선수입니다. 줄곧 한정실업 팀의 후보로 있다가 YSM으로 팀이 바뀌고서 비로소 출전 기회를 잡았습니다.

―듣기로는 서문엽 구단주가 직접 발탁했다는 소문이 있던데요?

―예, 서문엽 구단주가 오고 나서 코치도 추가로 고용하고, 선수마다 개별적으로 집중 훈련을 시켰다고 합니다. 이나연 선수, 남궁지훈 선수, 그리고 선수 모집으로 뽑은 조승호 선

수까지 모두 서문엽 구단주의 작품인데, 과연 오늘 어떤 작품을 보여줄지 기대되네요.

마침내 이나연은 인천 BC 선수들이 사냥하는 곳에 도달했다.

*　　　*　　　*

엘리베이터처럼 위아래로 움직이는 작은 바위섬에 올라탄 채 위로 올라가는 이나연.

그때, 멀찍이서 뒤따르던 조승호의 목소리가 그녀의 머릿속에 들렸다.

―그 위에 4명 있어.

"오케이."

조승호는 보이는 것처럼 한가하지 않았다.

물체 전달을 이용해 인천 선수들의 위치를 계속 파악하고 있었다.

물체를 전달하려면 전달받는 사람의 위치를 알아야 한다.

조승호는 인천 선수 11명에게 계속 물체 전달을 시도해 보면서 초능력이 성립되는지 체크하는 식으로 정찰 중이었다.

물론 정말로 어떤 물건을 전달하는 게 아니지만, 가능한지만 알아보고 중단할 수 있기 때문에 무한정하게 반복할 수 있었다.

　―박종혁, 최영길, 정윤대, 임지욱.

　이나연은 인천 BC 선수들 데이터를 떠올렸다.

　탱커 최영길, 나머지는 근접 딜러.

　"오케이."

　이나연은 안심했다. 따돌리기 까다로운 선수는 없었다.

　인천 선수 4인은 와이번들과 싸우는 중이었다.

　이나연은 도착하자마자 죽어가는 와이번 하나를 화살로 쏴서 맞췄다.

　콰직!

　"끼에엑!"

　정면에 있는 상대에 정신 팔렸다가 삽시간에 목이 꿰뚫린 채 절명한 와이번. 힘이 빠져 있던 터라 피부를 보호하는 오러의 힘도 약해져 있었다.

　사냥 포인트는 이나연이 획득하는 데 성공했다.

　"뭐, 뭐야?"

　"견제? 벌써?"

　인천 선수들은 그제야 이나연을 발견하고 깜짝 놀랐지만, 이내 침착하게 대응했다.

　"지욱이가 상대하고 나머지는 사냥 집중."

　탱커 최영길이 오더를 내렸다.

　그러자 쌍도를 지닌 근접 딜러 임지욱이 이나연에게 달려들었다.

첫 공식전.

상대 팀 선수와의 첫 싸움.

이나연은 긴장감에 호흡이 거칠어졌다.

그때였다.

—넷티야, 긴장했냐?

—숨 쉬는 소리 여기까지 들린다.

머릿속에 들리는 팀원 선배들의 목소리.

입으로 숨을 크게 쉬면 말을 한 것으로 판정되어 동료들에게 전달되는데, 그 탓에 이나연의 긴장 상태가 알려진 것이다.

—구단주님이 보고 계신다.

—구단주님 말을 믿어. 넌 최고의 도둑년이 될 거야.

이나연은 웃었다.

임지욱이 지척까지 다가왔을 때.

파앗!

힘찬 점프로 그를 따돌리며 활시위를 당겼다.

피잉!

임지욱은 그냥 무시한 채 화살은 탱커 최영길의 얼굴을 향했다.

"저년이 진짜!"

최영길은 와이번과 싸우는 와중에 다른 방향에서도 화살이 날아오자 방어에 번거로움을 느꼈다.

귀찮음.

번거로움.

짜증.

이나연의 목표 그대로였다.

그녀의 첫 활약은 그렇게 시작되었다.

＊　　　　＊　　　　＊

―이나연 선수가 굉장한 기세로 인천 선수들을 괴롭히고
있습니다.

―계속 화살을 쏘며 사냥을 방해합니다. 달리기도 빠르고
점프까지 하니 잡기가 여간 힘든 게 아니네요.

―그런데 가지고 있는 화살은 한정적일 텐데요.

그 해답은 곧 나왔다.

화살통을 온몸에 잔뜩 짊어지고 있던 조승호가 한 통을 더
그녀에게 전달한 것.

그것을 받아 등에 건 이나연은 계속해서 방방 정신 사납게
뛰어다니며 인천 선수들 사이를 누볐다.

스틸도 하고, 괜히 공격도 한 번 해주고, 쫓아다니느라 고
생 많은 임지욱에게도 한 발 쏴주고.

—조승호 선수가 원거리에서 물건을 전달하는 초능력이 있네요. 그래서 조승호 선수가 화살을 잔뜩 짊어지고 있는 것이었어요.

—아, 저는 화살 다 쓰면 돌아와서 조승호 선수에게 화살을 받은 후 다시 견제하러 가는 패턴을 생각했는데… 저러면 확실히 견제의 효과가 있죠!

—조승호 선수가 가진 화살이 다 떨어질 때까지 계속 저러겠다는 뜻입니다.

경기장의 관중들도 놀라운 광경에 술렁였다.

날아다니듯이 질주할 때는 멋졌는데, 저런 플레이는…….

"저건 뭐 미친년 널뛰기도 아니고!"

"뭐야, 저 미친년은?!"

대부분이 인천 팬인 관중들이 슬슬 분노를 터뜨리기 시작했다.

*　　*　　*

수많은 섬이 엘리베이터처럼 가지각색의 패턴으로 움직이는 퍼즐 같은 이 던전의 이름은 위저드 캐니언.

섬에서 섬으로 건너 타며 이동해야 하는 이 던전은 최상층 섬으로 가는 올바른 루트가 정해져 있다.

올바른 루트 이외의 섬에 발을 디디면 와이번들이 먹잇감으로 인식하여서 덤비는 구조였다.

사냥 포인트를 채워 강해져야 하는 배틀필드 선수들은 일부러 올바른 루트 이외의 섬에 가서 와이번을 사냥했다.

위저드 캐니언의 수많은 섬들 중 한 곳에서 5명이 사냥하고 있었다.

문제는 그중 한 명은 다른 팀이라는 것이었다.

—이나연 선수! 데뷔 경기 시작부터 파격적인 플레이를 보여주고 있습니다. 5명이서 와이번을 사냥하는데 그중 한 명은 아주 대놓고 X맨인 듯한 상황! 발 빠른 임지욱 선수가 계속 쫓아가는데, 자꾸 닭 쫓던 개가 됩니다.

—점프 때문만이 아닙니다. 이나연 선수의 발이 매우 빨라요. 임지욱 선수만 술래잡기하느라 사냥을 못 해서 손해를 입고 있습니다.

—제가 보기에 인천 선수 4명이 다 심각한 차질을 빚고 있는데요?

—예, 신경 쓰자니 잡을 수가 없어서 소용없고, 신경 끄자니 화살이 날아와 공격합니다. 이나연 선수가 계속 적절하게 인천 선수들의 신경을 긁고 있어요. 이건 한두 번 훈련한 게 아닌 것 같은데요.

—이것만을 준비해 왔다고 생각하는 편이 옳은 것 같습니

다. 배틀필드 경력 하나 없던 조승호 선수를 갑자기 출전시킨 것도 이 때문이고요.

―정말 기발한 전술입니다. 발 빠르고 점프를 잘하는 이나연 선수와 원거리 물건 전달 능력을 가진 조승호 선수의 조합이 꽤 무섭습니다.

―활로 저렇게까지 위력을 내기는 힘들지 않습니까?

―예, 사냥에는 유리하지만, 활에 쓸 초능력이 없으면 대인전에서 위력이 극히 적습니다. 화살을 꺼내고 시위에 먹이고 당기고 조준하고 쏘고 화살이 날아가고, 그동안 초인은 하품하고 있다가 피하죠.

―그래서 주로 숨어서 저격을 하거나 아예 사냥에만 몰두하죠.

―네, 그런데 이나연 선수는 두 마리 토끼를 다 잡았네요. 조승호 선수가 화살을 잔뜩 가지고 있으니 쉴 새 없이 마구 쏘며 괴롭히고 있어요. 저렇게 되면 활은 정말 훌륭한 견제 수단이죠.

―조승호 선수는 멀찍이 떨어져 있는데, 아무래도 물건을 전달하는 능력이 어느 정도 거리 안에 있어야 가능한 듯합니다.

―배틀필드에 입문한 지 3개월밖에 안 된 선수죠. 그런데도 주전으로 나설 수 있었던 건 바로 이것 하나 때문인 듯합니다.

―조승호 선수의 모습이 나오네요. 화살을 주는 것 외엔
딱히 할 일이 없어 보이는… 어?!

대형화면에 조승호의 모습이 잡혔다.
조승호는…….

―마, 만화책을 읽고 있습니다!

그랬다.
할 일이 없는 나머지, 슈트 상의 포켓에 넣어온 만화책을 꺼
내 읽고 있었다.
'만화로 읽는 서문엽 평전'이라는 책 제목이 더 웃겼다.
중계진은 당황해서 그냥 헛웃음을 흘렸고, 경기장의 수만
관중들도 아연실색했다.
"저놈은 또 뭐야?"
"던전에서 만화책을 읽고 있어."
"에이, 퍼포먼스겠지. 설마 진짜로 읽겠어."
"완전 진지하잖아!"
조승호는 남궁지훈과 함께 있었다.
남궁지훈은 조승호를 보호하면서, 주변의 괴물을 사냥하고
있었다.
검술 코치가 붙어서 집중 훈련시킨 덕에 실력이 급격히 향

상된 남궁지훈은 스스로에게 '보호'를 걸고서 능히 혼자서도 사냥을 잘했다.

그렇게 열심히 싸우는데, 마치 남 일이라는 듯 한쪽 구석에서 만화책을 읽고 있는 조승호.

한 페이지씩 넘기며 진지하게 집중하여 읽고 있었다.

가끔 화살 한 통을 이나연에게 전달할 뿐이었다.

"쟤들 정말 뭐 하는 것들이야?"

"구단주가 바뀌더니 또라이 팀이 됐어."

"근데 우리는 저 골 때리는 놈들한테 당하고 있는 거잖아?"

확실한 건 서문엽의 의도가 성공했다는 것.

그냥 가만히 쪼그려 있으면 불쌍했겠지만, 만화책을 읽고 있으니 또라이로 보였다.

"푸하하하!"

VIP석에서 서문엽의 폭소가 터져 나왔다.

이나연과 조승호 콤비의 플레이가 서문엽의 마음에 쏙 들었다.

"저것도 엽이 씨가 시킨 거예요?"

한승희도 재미있어하며 물었다. 서문엽은 고개를 끄덕였다.

"재밌죠?"

"네, 저런 건 처음 봐요."

"휴, 저런 인재들을 알아보는 나의 안목이 두려울 정도네요."

"그런 능력으로 우리 남편도 좀 도와줘요."

"도와주고 있잖아요. 근데 시킨 대로 안 하고 뭐 하는지 모르겠어요, 걔는."

이미 전에, 백제호에게 대표 팀 운영에 대해 몇 가지 조언을 한 바가 있었다.

그런데 3개월이 지난 현재, 대표 팀은 좀처럼 변한 게 없었다.

멘탈이 병신인 심영수를 빼고 최혁을 넣어라.

최혁을 최전방 탱커로 넣고, 채우현은 후방 탱커로 물려라.

순간 가속 능력을 가진 근접 딜러 유벽호는 앞세우지 말고 일격필살의 수단으로 삼는다.

"남편이 일 얘기를 안 해서 잘 모르겠지만, 하연이가 그러는데 최혁이라는 선수 때문에 마찰이 있었나 봐요."

"그래요?"

서문엽의 조언의 핵심은 바로 근접 딜러로 지금도 프로리그에서 활동 중인 최혁을 탱커로 포지션 변경시키는 것.

그런데 여기서 문제가 생겼다면 다른 것들도 모두 흐지부지된다.

"나중에 물어봐야겠네요. 얘는 알려줘도 못하니 하여간 감독감이 아네요."

"또 그런다."

남편 흉을 보자 한승희가 째려봤다.

잠시 잡담하는 동안 경기는 큰 분기점에 도달했다.

이나연의 횡포에 견디지 못한 인천 선수들이 몰이사냥을 시도한 것이다.

다른 곳에서 사냥하던 인천 선수 두 명이 은밀히 던전을 우회해서 퇴로를 가로막고 이나연을 몰아넣어 사냥하기로 했다.

도합 6명의 선수가 시도하는 몰이사냥이었다.

그러나 그것은 실패로 돌아갔다.

만화책을 보고 있던 조승호가 인천 측의 움직임을 감지한 것이다.

계속 물체 전달을 시도하며 위치 파악에 골몰한 조승호는 최적의 탈출로를 찾아 이나연에게 알려주었다.

그 조언을 받은 이나연은 아슬아슬한 순간까지 날뛰다가 조승호가 신호를 보내자 그제야 도주를 개시했다.

6명이나 되는 인천 선수들이 이나연 하나를 잡겠다고 추격에 나섰다.

그러나 전속으로 질주하는 이나연의 스피드는 한국에서 보기 힘든 수준이었다. 아직 87/100밖에 개발되지 않았는데도 한국에서는 수위를 다투는 수치였다.

거기에 사기 같은 점프가 있었다.

최고 20m까지 뛰어오를 수 있는 이 점프는 각도 조절에 따라 다양하게 써먹을 수가 있었다.

정면으로 점프를 한다면?

20m 거리를 단숨에 단축시키는 일종의 축지법이 되는 셈!

말도 안 되는 스피드로 쏜살같이 달아난 이나연을 인천 선수들은 멍하니 쳐다볼 수밖에 없었다.

아슬아슬하게 퇴로로 절묘하게 탈출한 이나연.

중계진들이 흥분하여 소리쳤다.

—이나연 선수 탈출 성공! 이러면 허탕을 쳐버린 인천 선수들이 큰 손해를 보았습니다!

6명이 사냥도 하지 않고 나섰는데 허탕을 쳐버렸으니, 순조롭게 사냥하며 성장한 YSM과의 격차가 더 벌어진 셈이었다.

—이나연 선수가 인천의 몰이사냥 계획을 알아차리고 몸을 뺀 게 분명합니다. 탈출 루트가 너무 절묘해요. YSM 선수들 중에 상대측의 위치를 파악하는 초능력을 지닌 선수가 있는 겁니다. 그렇지 않고서는 불가능한 장면이었어요.

—그런 것 같네요. 인천 선수들이 이나연 선수 하나한테 휘둘려서 초반 성장에 차질을 빚습니다. 이러는 동안 YSM은 아무 방해도 안 받고 순조롭게 포인트를 쌓았거든요.

—네, 하지만 이나연 선수도 이제 슬슬 오러가 얼마 남지

않았을 겁니다. 화살에 오러를 담아 쏘고, 점프를 할 때마다 오러가 소모되니 저런 식의 견제를 경기 내내 한다는 건 불가능해요.

　—지금도 이미 제 역할을 120% 수행한 이나연 선수입니다. 조승호, 남궁지훈 선수와 합류합니다. 이제 떠나야겠죠?

　그런데 그들의 예상은 틀렸다.

　조승호에게서 오러가 일렁거리며 발출되더니, 그것이 이나연의 몸에 스며들었다.

　오러 전달!

　오러는 물론 화살도 보급받은 이나연은 다시 씩씩하게 견제를 하러 출발했다.

　—다, 다시 견제를 갑니다! 방금 모습은 혹시 조승호 선수가 오러를 건네준 건가요?

　—다시 견제를 하러 떠나는 걸 보면 그게 맞는 것 같습니다. 아무래도 조승호 선수의 또 다른 초능력 같은데요. 정말 놀랍습니다! 한국에도 이런 서포터가 탄생하네요.

　결국 인천 BC는 급격히 무너졌다.

　충분히 성장한 YSM이 총공격을 감행한 것이다.

　성장에 실패한 인천 BC는 도망을 다니며 시간을 벌려 했지만, 이나연이 끈질기게 쫓아다니며 괴롭혀서 그럴 수 없었다.

멀리서 화살을 쏘며 치고 빠지고를 반복하는 이나연.

1세트는 YSM의 대승.

첫 출전인 1세트부터 MVP에 선정된 이나연은 더욱 기세가 올랐는지 2세트마저도 거의 원맨쇼로 팀의 승리를 이끌었다.

1세트, 0킬 1어시.

2세트, 0킬 2어시.

도합 0킬 3어시!

그런데도 이나연은 2세트마저 MVP에 선정됐다.

킬을 전혀 못 했음에도 불구하고 1, 2세트 MVP를 휩쓸어 버린 진기록을 세워 버렸다.

이런 대승도 오랜만인 YSM.

첫 출전인 신인 이나연이 폭발적인 경기력을 입증했으니 겹경사였다.

MVP 인터뷰에서 이나연은 잔뜩 신이 나서 말했다.

"이 모든 기쁨을 구단주님께 돌립니다. 제 재능을 알아보시고 천사소녀 넷티처럼 적의 멘탈을 훔치는 도둑이 되라고 말씀해 주신 구단주님, 너무너무 사랑해요!"

텐션이 잔뜩 오른 이나연은 두 팔로 하트까지 그리며 호들갑을 떨었다.

경기장은 웃음바다가 되었다.

그날 인터넷 실시간에 서문엽 배틀필드 팀, 이나연, 넷티가 순위권을 장악했다.

배틀필드 팬들이 모인 인터넷 커뮤니티가 폭발했다.

서문엽의 선택을 받은 신인 선수들이 사고 쳤다.

신개념 무한 견제.

킬 대신 멘탈을 훔치는 견제 플레이.

사람 멘탈 부수는 악마소녀 넷티.

짧은 배틀필드의 역사를 통틀어 이런 견제 플레이는 지금 껏 없었다는 평이었다.

이나연이 하루아침에 벼락 스타가 되자, 콤비인 조승호도 덩달아 주목받았다.

배틀필드 경력 3개월!

던전에서 만화책을 읽은 최초의 선수.

서문엽이 바로 주전으로 삼아버린 재능.

그렇게 KB—2에서 돌풍을 일으킬 콤비가 탄생했다.

이나연과 조승호는 둘 중 누구 하나만 없어도 쓸모가 없어 질 정도로, 서로 떼려야 뗄 수 없는 찰떡 콤비였다.

덕분에 서문엽은 몹시 기분이 좋아져서 집에 돌아온 뒤에 도 스마트폰으로 인터넷 검색을 하며 놀았다.

늦은 시각에 귀가한 백제호도 두 신인 선수에 대해 물어보 았다.

"이나연하고 조승호 말이야. 그거 정말 네가 발굴한 애들 맞아?"

"당연하지. 그럼 설마 최동준 감독이 발굴했는데 내가 했다고 가로채겠냐?"

"네가 그럴 리야 없지. 하여간 재주도 좋다."

"말했지? 내 눈이 신의 눈이라고."

"걔네들 대표 팀에 승선시켜도 잘하려나?"

백제호는 은근히 이나연 조승호 콤비를 탐냈다.

"인마, 그럴 시간에 최혁이나 설득해."

최혁 얘기가 나오자 백제호의 표정이 일그러졌다.

"최혁은 설득을 했지. 본인도 태극 마크를 달 수 있다면 해보겠다고 했는데, 소속 팀에서 반대하는 거야."

"아, 하긴 그렇겠네."

서문엽은 그제야 문제의 원인을 깨달았다.

최혁의 소속 팀 입장에서는 멀쩡한 선수에게 대뜸 포지션 변경을 시킨다니 지랄하지 않을 수 없었던 것이다.

백제호는 씁쓸한 어조로 말했다.

"그리고 사실 우리나라 배틀필드 감독들이 날 별로 좋아하지 않아. 배틀필드에 대해 문외한인데 대표 팀 감독이 됐다고."

"지네들은 전문가라서 이 꼴로 만들어놨대?"

알고 보니 백제호는 기존의 배틀필드 지도자들과 마찰을

겪고 있었다고 했다.

기존의 감독들이 다 한 번씩 맡았지만 욕만 들입다 먹은 대표 팀 감독 자리.

거기에 구원투수처럼 나타난 백제호가 아니꼬웠던 것이다.

"한번 낯짝이나 보고 싶네. 내 앞에서도 그 소리 나오나 보게."

"네 앞에선 못 하지."

얻어맞을까 봐, 라는 뒷말은 생략됐다.

서문엽은 곰곰이 생각하다가 문득 물었다.

"최혁은 얼마야?"

서문엽은 새로운 큰 그림을 그리기 시작했다.

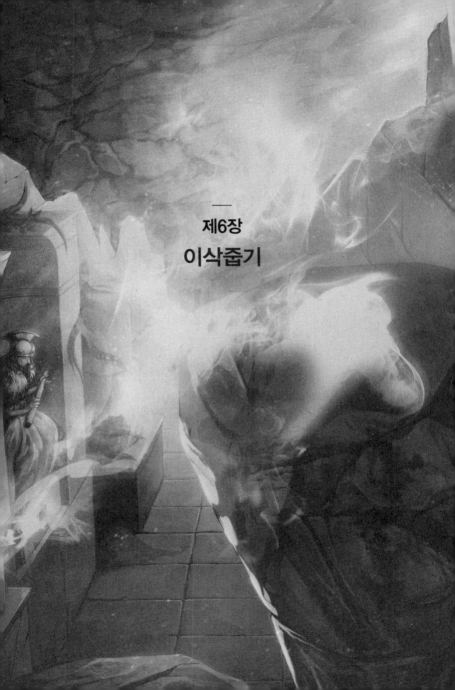

제6장
이삭줍기

〈YSM 5연승 쾌조〉
〈서문엽 효과? YSM 승승장구〉
〈연속 MVP 이나연 '알아도 못 막아'〉
〈이나연·조승호 콤비 KB−2에서 돌풍〉

YSM은 인천을 시작으로 5연승의 쾌거를 거두었다.
그 선두에는 단연 이나연이 있었다.
별명도 참 많았다.
미친년 널뛰기.
악마소녀 넷티.

어그로의 여왕.

이나연은 단 5경기 만에 상대 선수들 및 팬들에게 악명을 떨쳤다.

특히 위저드 캐니언에서 인천 BC를 상대로 첫 등장한 경기는 인천 BC 팬들에 의해 '위저드 개년 사건'으로 명명되었다.

하지만 욕먹는 만큼 팬도 크게 늘었다.

워낙 독특한 플레이라 상대 팀 팬만 아니면 마냥 재미있다.

거기에 외모도 목소리도 귀여워서 벌써부터 팬클럽이 만들어졌을 정도.

기존 한정실업 팀의 최고 인기 선수는 주장이자 유일하게 멀쩡한 선수였던 노정환.

그러나 이제는 이나연이 가뿐하게 팀 내 인기인 1위로 등극했다.

2위는 노정환.

참고로 3위는 조승호였다.

역시나 던전에서 만화책을 읽은 충격의 데뷔전으로 독특한 캐릭터가 된 조승호.

플레이 특성상 MVP로 지정될 일은 없지만, 이미 심상치 않은 정신세계를 가진 놈이라고 팬들 사이에서 소문이 났다.

조승호는 서문엽이 시킨 대로 했기 때문에 억울해했지만, 사실 이력서에 택배 기사 2년 차를 경력이라고 썼던 것부터가 정상인은 아니었다.

거기에 조승호는 매 경기마다 들고 나오는 책이 달라졌다.

만화책, 소설, 신문, 심지어는 큐브까지 가져와 팬들에게 큰 웃음을 주었다. 출판사에서 광고 제의까지 와서 그 파급력을 증명했다.

"정말 경사입니다. 팀 창단 후 최초의 5연승이라니!"

5연승 기념 회식.

최동준 감독은 감격에 차올라 눈시울을 붉혔다.

"헐, 5연승이 최초야?"

"네, 4연승도 해본 적 없습니다."

그 말을 듣고 서문엽은 최동준 감독에게 의구심을 느껴야 했다.

'이 새끼 정말 잘라야 하는 거 아냐?'

창단부터 지금까지 줄곧 팀을 이끌어온 최동준 감독.

즉, 팀을 최약체로 만든 장본인이라고 할 수 있지 않은가?

서문엽은 감독을 하나 사올까 하는 충동이 들다가 다시 말았다.

'됐어, 능력 있는 감독은 비싸니까.'

게다가 감독으로서의 능력은 분석안으로 판별하기가 힘들었기 때문에 그냥 관두기로 했다.

자기 모가지가 간당간당했다는 걸 모르는 최동준 감독은 밝은 표정으로 서문엽에게 말했다.

"구단주님의 뜻이 옳았습니다. 나연이가 이렇게 대단한 활약을 하게 될 줄 누가 알았겠습니까?"

"응, 넌 절대 몰랐겠지."

"……."

꿀 먹은 벙어리가 된 최동준 감독.

안 잘린 대신 앞으로도 계속 구박을 받아야 할 팔자였다.

"키포인트는 조승호야. 이나연이 펼치는 견제의 허브가 조승호라는 걸 이제 모든 팀이 안단 말이야."

"지당하신 말씀입니다."

"그럼 어떻게 해야겠어?"

"네? 그야 승호를 잘 보호해야죠."

최동준 감독의 대답에 서문엽은 안도의 한숨을 쉬었다.

"휴, 아예 무능한 건 아니었구나?"

"……."

최동준 감독은 서문엽을 원망 어린 눈길로 쳐다봤지만, 눈이 마주치기가 무섭게 다시 내깔았다.

'참자, 참아.'

여기 아니면 감독 노릇도 할 수 없는 최동준 감독이었다. 아니꼬워도 지은 죄가 있으니 참고 버텨야지 별수 없었다.

"하여간 남궁지훈이랑 노정환도 특훈의 성과가 나타나기 시작하면 우리 팀은 지금의 기세를 계속 이어나갈 수 있을 거야."

"네, 물론입니다!"

"그러니까 전반기 마감 전까지 승률 50% 채워라."

"헉!"

"감독으로서 그 정도는 할 수 있지?"

"그, 그건……"

"내가 포스트시즌 진출하란 것도 아니고, 승률 반타작하라는 게 그렇게 힘든 건 아니잖아. 그렇지?"

"마, 마, 맞습니다. 제가 바, 반드시 승률 50%를……"

"그래그래, 이 형은 동준 아우만 믿어요. 물론 믿었던 도끼에 발등을 찍히면 불행한 유년기로 인해 생긴 내 내면의 폭력성이 분출할지도 모르겠지만, 그럴 리야 있겠어?"

선수들은 사시나무처럼 벌벌 떠는 최동준 감독을 안쓰럽게 쳐다보았다.

'좀 답답하지만 착한 분인데.'

'그동안의 부진에 대한 질책을 이제야 다 몰아서 당하는구나.'

'천사 구단주님이 경영난으로 떠나시더니 악마 구단주가 나타났어.'

'힘내세요, 감독님.'

다들 마음속으로나마 위로를 보냈다.

'승률 50%. 절대 불가능한 성적이 아니야. 이제야 팀을 팀답게 만들 수 있는 절호의 찬스다.'

팀의 주장 노정환은 남다른 의무감에 불타올랐다.

노정환은 단순한 주장이 아니었다.

최동준 감독 대신 세부적인 전술적 구상을 하는 현장 지휘관 같은 존재였다.

거기에 팀에 대한 애정이 각별해서 KB−1의 팀으로 진출할 기회가 있었는데도 이곳에 남았다.

집이 가난했던 그는 부친이 한정실업의 공장에서 일했는데, 인자한 한정실업 사장이 장학금을 지원해 준 덕에 배틀필드 선수가 될 수 있었다.

그 인연이 지금까지 이어져 왔기 때문에 YSM에 대한 애정이 남다를 수밖에 없었다. 은퇴 후에도 코치, 감독 등으로 팀에 영원히 남을 생각이었다.

"자자, 너희가 이번 전반기를 승률 50%로 마감하면, 나도 팀에 투자를 더 하겠다. 가능성을 보여줬으니 나도 힘을 실어 줘야지."

"넷!"

선수들이 힘차게 대답했다.

물론 선수들의 의욕을 증진시키려고 한 말이었다.

사실 서문엽은 이미 여름 이적 시장이 열리면 투자를 할 참이었다.

바로 선수 영입 말이다.

'최혁 이 녀석을 사와야지.'

탱커로 포지션 바꾸라고 했더니 여전히 같잖은 실력으로

근접 딜러를 하고 있는 최혁.

아예 사와서 직접 손봐줄 생각이었다.

'이참에 하위 리그도 쭉 둘러보면서 인재들을 싹 긁어버릴까?'

최소한 팀 자체로 11 대 11 연습 게임을 치를 수 있도록 선수 인원을 총 22명까지 늘릴 필요는 있지 않을까 싶었다.

*   *   *

연승 행진은 6승에서 그쳤다.

이길 때가 있으면 질 때가 있는 법.

마침내 KB-2에서도 이나연의 견제 플레이에 대한 대처법을 찾은 것이다.

사실 대처법이란 게 별것 없었다.

속박 계열의 초능력을 지닌 선수가 있으면 이나연도 마음껏 날뛸 수가 없는 것이었다.

이나연은 계속 장소를 옮기며 견제 플레이를 하려 했지만, 속박 계열의 초능력을 지닌 선수가 계속 이나연을 마크했다.

결국 견제가 효과를 보지 못해서 패배.

그래도 한 타 싸움으로 2세트에서는 승리를 거두어서 세트 스코어 2-1로 아쉽게 패배했다.

지긴 했어도, 이나연의 견제 플레이에 의존하지 않아도

YSM의 전체 기량이 올라왔음을 증명한 경기였다.

속박 계열 초능력을 가진 선수가 없는 팀은 죽어라 조승호를 찾아다녔다.

조승호만 없으면 이나연도 날뛸 수 없다는 걸 다들 알고 있었던 것.

그로 인해 조승호도 계속 자리를 옮겨 다니며 도피 생활을 했지만, 상대 팀에 추적 능력을 가진 선수가 있을 때는 꼼짝없이 잡혀 팀이 패배했다.

하지만 아예 허를 찔러서 이나연·조승호 콤비에게 의존하지 않은 초반 정면 승부 전략을 낼 때도 있었고, 그게 성과를 거둬 승리할 때도 있었다.

대개 그런 발상은 최동준 감독 대신 주장인 노정환의 머리에서 나오곤 했다.

아무튼 이기고 지고를 반복하면서 YSM은 작년까지의 꼴찌 팀 이미지를 벗었다.

승패를 반복하다가 어느 순간 승리가 더 많아지기 시작했다.

실전 경험이 쌓이면서 남궁지훈의 검술 실력이 폭발적으로 향상된 것!

거기에 지구력이 강해진 노정환이 디펜스를 커버해 주면서 남궁지훈의 활약을 도왔다.

데뷔전은 이나연·조승호 콤비에게 가려졌지만, 두 콤비가 상대 팀의 심한 견제를 받자 새로운 키플레이어로 발돋움했다.

결국 서문엽이 지목한 선수들은 하나같이 맞춤 훈련을 받고 급성장한 것이었다.

'당연하지. 분석안이 있는데.'

물론 분석안에 나오는 능력치를 분석하고 처방을 내리는 것은 서문엽의 오랜 경험에서 우러나오는 노하우였다.

'정신력만 빼면 다 키워줄 자신이 있어.'

정신력만은 도저히 답이 안 나온다.

그래서 정신력 낮은 선수를 몹시 싫어하는 서문엽이었다.

아무튼 그렇게 해서 프로리그 전반기가 종료되고 7월 여름 휴식기가 도래했다.

전반기 총 전적은 10승 8패.

승률 50%를 넘기는 데 성공한 것이었다.

KB-2 리그 20팀 중 11위를 한 쾌거였다.

스폰서도 생겼다.

한정실업 때는 늘 꼴찌라서 기업들이 회피했던 팀이 이제는 스폰서를 하겠다고 문의가 쏟아졌다.

물론 구단주가 서문엽이기 때문이었다.

서문엽도 이를 알고는 스폰서 비용을 다른 팀의 2배 이상 불렀다.

싫으면 마라는 식이었는데, 의외로 하겠다는 기업이 많았다.

그걸 다 받아주니 놀랍게도 팀 인수 금액 및 코치 추가 고용, 시설 투자 등의 비용을 한 번에 만회하고도 남았다.

'그래봤자 내 명성을 팔아서 번 돈이나 마찬가지지.'

그나마도 서문엽이 구단주로 잠깐 참견할 뿐 별로 팀 운영에 흥미를 안 보였기 때문에 이 정도였다.

아마 서문엽이 직접 선수로 뛰었다면?

그 10배는 족히 받아낼 수 있었으리라.

'좋아, 아무튼 선수 영입 자금으로 써주지.'

서문엽은 오랜만에 바이크를 타고 출발했다.

목적지는 유소년 리그에 출전하는 고등학교 중 가장 가까운 곳이었다.

바람도 쐴 겸, 배틀필드 팀이 있는 학교를 가까운 곳부터 둘러볼 생각이었다.

부아아앙!!

고등학교에 우렁찬 엔진 소리를 내며 서문엽이 나타나자 대번에 학생들의 시선을 불러 모았다.

"우와! 서문엽이다!"

"꺄악!"

"사인! 사인 받아야 하는데!"

학생들은 남녀 불문하고 난리가 났다.

'하교 시간 맞춰서 왔는데 왜 아직도 이렇게 학생이 많아?'

학생들이 없는 시간을 틈타려고 저녁 식사 즈음에 찾아온 서문엽.

최종 학력이 초등학교 중퇴인 그는 밤에도 학생들이 남아 있는 고등학교의 현실을 잘 몰랐다.

구경하겠다고 몰려온 학생이 많았지만 서문엽은 모두 무시하고 성큼성큼 걸음을 옮겼다.

그러다가 남학생 한 명을 붙들고 물었다.

"배틀필드 팀 어디야?"

"건물 뒤편에 배틀필드 훈련장 있어요."

"오냐."

"저, 근데 사인 안 해주세요?"

"응, 안 해줘."

"그럼 셀카 좀……"

"싫어, 인마."

어딜 봐도 착한 구석이 하나 없는 서문엽!

그러나 학생들은 뭐가 그리 재미있는지 계속 웃을 뿐이었다.

배틀필드 훈련장에 도착하자 허둥지둥 뛰어나오는 중년 사내가 있었다.

나이답지 않은 근육질은 필시 초인.

그럼 겉보기에 중년이니 실제 나이는 더 많다는 뜻이었다.

"아이고, 서문엽 씨! 이런 곳은 어쩐 일이십니까?"

분석안으로 보니 초인이 맞았다. 능력치는 딱히 눈에 띄는 구석이 없었는데, 왕년에 던전 좀 다니다가 지금은 소일거리 삼아 감독을 하는 사람인 듯했다.

"YSM 구단주 서문엽입니다."

"영명고등학교 배틀필드 팀 감독 서정문입니다."

"딱히 볼일은 없는데, 그냥 구경 좀 하다 가도 되죠?"

"예, 되고말고요."

서정문 감독은 서문엽을 모시듯이 안으로 안내했다.

*　　　*　　　*

한국 배틀필드 시스템이 아무리 썩었어도 일단 재능 있는 선수는 일찍 알아본다.

왜냐면 가장 보편적인 재능인 근력, 민첩성, 오러양은 정확하게 측정할 수가 있기 때문이었다.

잠재력이 높으면, 대개는 그 잠재력을 채우기 위해 성장도 무척 빠르다.

측정된 수치와 성장세를 보면 재능은 금방 드러나게 되어 있는 것.

그 객관적 수치를 드러내지 못하고 묻힌 인재가 바로 서문엽이 찾는 빈틈이었다.

예를 들면 당장 어릴 때의 측정치로 딜러를 해야 했던 최혁처럼 말이다.

영명고등학교 배틀필드 팀은 현재 개인 훈련 시간이었다.

체력을 단련하거나 무기를 다루는 테크닉을 연마하는 등 저마다 바쁘게 매진하고 있었다.

특히나 오늘따라 유독 더 열심.

다름 아닌 서문엽이 갑작스럽게 방문했기 때문이었다.

서문엽이 소유한 YSM이 딱히 명문 팀은 아니었지만, 그래도 일단 그 같은 거물에게 잘 보이고 싶어 하는 것은 그 나이대의 당연한 생각이었다.

그의 절친한 친구인 백제호가 국가 대표 감독이기도 하고 말이다.

서문엽은 그중 창술을 연마 중인 키 큰 학생을 턱짓으로 가리키며 말했다.

"쟤 괜찮네요."

그러자 서정문 감독이 흐뭇한 표정으로 설명했다.

"허허, 한눈에 알아보시네요. 미래 피닉스에 입단하기로 계약되어 있는 아이입니다. 아직은 아마추어 리그에서 더 출전 경험을 쌓기 위해 학교에 남아 있죠."

능력치 중 4가지 부문의 잠재력이 80대 중반이라 눈에 띄어서 물어본 것이었다.

아니나 다를까 이미 점해놓은 임자가 있었다.

'역시, 저렇게 재능 있는 티가 잘 나는 애는 건지기 어려워.'

고작 저 수준을 가지고 재능이 있다 생각하는 건 예전의 서문엽이었다면 상상할 수도 없는 일.

하지만 이제 구단주가 되고 선수들을 많이 보면서 현실 감각을 찾아가는 중이었다.

'아무도 안 데려가는데 숨겨진 재능을 가진 애를 찾아야 해.'

일명 이삭줍기.

땅에 버리고 간 곡식을 서문엽이 열심히 긁어모으기로 한 것이었다.

그런데 딱히 눈에 띄는 애가 없었다.

그냥 KB-2 리그 로테이션 후보 정도의 재능을 가진 애들도 물어보면 다 임자가 있었다.

'이삭도 안 남기고 긁어가네. 쌍끌이 어선 같은 새끼들이.'

첫술에 배부를 수는 없는 노릇.

슬슬 다음 학교로 가볼까 생각했을 때였다.

"늦어서 죄송합니다!"

170㎝ 정도의 작은 키를 가진 남학생이 나타났다.

크게 말하려는데도 목소리가 기어들어 가는, 낯을 많이 가리는 성격 특유의 모기 목소리.

서정문 감독은 고개를 끄덕였다.

"그래, 공부는 잘되니?"

"네, 훈련에 늦어서 매번… 헉!"

학생은 서문엽을 보고 화들짝 놀랐다.

서문엽도 그 학생을 빤히 바라보았다.

"공부하나 봐?"

"네, 네! 프로리그는 못 갈 것 같아서 수능 공부를 하고 있어요. 그, 그런데 정말 영광입니다!"

"그래그래, 악수나 하자."

서문엽이 손을 내밀자 학생은 타고난 을의 태도로 허리를 굽히며 황송한 표정으로 악수를 했다.

손을 맞잡은 상태에서 서문엽이 말했다.

"프로리그 왜 못 가? 형이랑 같이 가자."

"네, 네?"

"형이랑 계약하자고."

언제 봤다고 뜬금없이 계약 제의를 한단 말인가?

황당함으로 물든 학생의 표정.

그러나 서문엽은 몸이 달아 있었다.

―대상: 윤범(인간)

―근력 52/60

―민첩성 55/64

―속도 50/57

―지구력 51/62

―정신력 69/85

―기술 39/55

—오러 69/72

—초능력: 그림자 걷기

—그림자 걷기: 그림자 속에서 이동 속도 20% 상승. 70 이상의 오러를 가졌을 시 그림자 속에 스며들어 움직인다.

보잘것없는 놈처럼 보이지만 초능력 하나가 달랐다.

'저건 일정 수준 이상의 오러양을 보유하기 전까지는 진가를 못 펼치는 초능력이다.'

그림자 걷기.

그림자 속에 숨어서 상대를 암습할 수 있는 초능력이다. 상대 입장에서는 참 귀찮은 녀석이다. 다른 능력치가 다 낮아도 초능력 하나도 충분히 먹고살 수 있는 녀석인 것이다.

그림자 걷기를 제대로 펼치려면 70의 오러가 필요한데, 현재는 69.

아슬아슬했다.

70을 넘기기 전에 냉큼 찜해야 했다.

"저, 말씀을 감사하지만 절 어딜 봐서 갑자기 그런……."

"형이 유소년 리그에서 네 경기를 본 것 같아."

"네? 저 한 5번밖에 출전 못 했는데요?"

서문엽은 뜨끔했다.

"이름이 윤범 맞잖아?"

"헉, 정말 아시네요."

"그래, 내가 볼 땐 넌 숨겨진 재능이 있어. 그걸 아직 아무도 몰라볼 뿐이지."

"잘 모르겠어요. 전 힘도 약하고 빠르지도 않고 초능력도 별로라……."

"인마, 내 안목을 못 믿어? 형이 이나연하고 조승호도 발굴했어. 남궁지훈도 원래 별 볼 일 없는 서포터였고."

"제가 어떤 부분에서 재능이 있을 거라고 생각하신 거예요?"

"네 초능력."

서문엽이 말을 이었다.

"형이 정말 많은 초인을 봤어. 지금 네 초능력이 되게 애매하지?"

"네… 그냥 빨라지는 것도 아니고 그늘 안에 있어야 빨라져요. 뭐 이런 초능력이 다 있는지……."

"그건 네가 남의 눈에 안 띄게 다니다가 생긴 거니까 누굴 탓하겠니?"

초능력은 다 본인 탓이다. 대개 본인의 특성을 반영해 각성되니까.

"으으……."

윤범은 울상이 되었다.

"자자, 아무튼 그런 유형의 초능력은 아직 개발이 끝난 게 아니야."

"개발이요?"

"그래, 내 생각엔 더 멋진 초능력으로 개화할 거라고 본다."

"안 되면요?"

그때 서문엽의 눈이 가늘어졌다.

"형이랑 내기할래? 2년, 3년으로 계약하는 거야. 일단 형 따라 2년만 선수 생활 하고, 그 후에 선수 생활을 계속하겠다면 3년 더 하는 거고, 그만두겠다면 위로금 3억을 지불한다."

"3억?!"

"그래, 최악의 상황에도 그냥 2년 투자해서 3억 받는 거지. 그 정도 돈이 생기는데 2년 정도 공부 늦어진다고 큰일 나?"

윤범은 눈을 빛냈다.

상대는 서문엽. 사기를 칠 사람이 아니었다.

"알겠어요. 엄마한테 말해볼게요."

"엄마 보러 같이 가자. 자, 그럼 잘들 있으쇼."

서정문 감독 등에게 작별을 고한 뒤, 윤범을 바이크에 태우고 질주했다.

윤범의 부모님이 하는 기사 식당에 쳐들어간 서문엽은 30분 만에 계약서에 사인을 받아내는 데 성공했다.

계약금 5천, 연봉 3천, 2년+3년.

2년 후에 선수 생활 때려치우면 3억 원을 더 받을 수 있다!

어느 팀도 안 데려가는 윤범에게 이런 계약 조건은 있을 수 없는 수준이었다.

"낄낄, 돈 벌었다."

크게 한탕 한 해적처럼 웃은 서문엽은 여세를 몰아 다음 학교로 향했다.

하지만 인재라는 게 그렇게 흔한 게 아니어서, 세 학교를 돌아 간신히 한 명을 더 건졌다.

—대상: 최정민(인간)

—근력 64/71

—민첩성 65/81

—속도 59/68

—지구력 55/57

—정신력 90/90

—기술 69/87

—오러 60/63

—초능력: 관찰

—관찰: 상대를 관찰하여 약점을 찾아낸다.

알고 보니 이미 KB—2 리그와 KB7 1, 2부 리그 팀들로부터 스카우트 제의를 받았다고 한다.

특출한 부분은 별로 없었지만 상대의 허를 찌르는 테크니

컬한 플레이를 자주 보여줬기 때문이다.

'초능력이 상당하잖아?'

서문엽은 저런 류의 초능력을 더 높게 평가하는 편이었다.

자신 또한 분석안으로 공략 불가 던전을 평정하지 않았던가?

그런데 정작 최정민 본인은 배틀필드 선수가 될 생각이 없었다.

"전 소설가가 될 거예요."

"뭐 이 새꺄?"

하도 뜬금없어서 저도 모르게 험한 말이 튀어나온 서문엽.

얼굴도 잘생긴 편인 최정민은 꿈을 꾸는 듯한 눈빛으로 말했다.

"전 해리 포터처럼 사람들에게 꿈과 희망을 선물하는 작가가 될 거예요."

"네 부모님도 찬성하디?"

"아뇨, 반대하시죠. 하지만 제 인생인데 누가 뭐라고 하든 무슨 상관이에요?"

살짝 나르시시즘에 예술가 병이 합쳐진 녀석이었다.

자기애가 얼마나 강한지 정신력도 90/90이다. 스스로에 대해 의구심이 전혀 없어 무서울 게 없는 상태였다.

"오케이."

역시 답은 정해져 있었다.

서문엽은 최정민의 멱살을 끌고 그의 부모님을 찾아갔다.

부모님은 대번에 찬성했고, 그래도 싫다고 저항하는 최정민에게 제안을 하나 했다.

"내 자서전 네가 쓸래? 내 모험담도 꿈과 희망이 넘친다고?"

탄압에 저항하는 예술가에 심취하던 최정민도 그 제안에 솔깃했다. 서문엽의 자서전이면 밀리언 셀러는 확정이었다.

물론 14살에 고아원장을 살해했을 때부터 이미 장르는 다크 판타지로 확정이었다.

계약금 1.5억, 연봉 5천, 5년 계약.

여러 곳에서 제의를 받았던 녀석이라 윤범보다 훨씬 비쌌다.

하지만 관찰 능력의 진가를 아는 서문엽은 벌써부터 배가 불렀다.

'기술 재능도 69/87이니까 전부 개발하고 관찰과 합쳐지면 대단해질 거야.'

"저기 근데, 구단주님?"

계약을 마친 최정민이 문득 말을 걸었다.

"형이라 불러."

"네, 형. 근데 형은 어떻게 약점이 없어요?"

"응? 그래?"

"네, 형 같은 사람은 처음 봐요."

사실 첫 만남부터 최정민은 이미 압도당해 있었다.

유명인 앞에서 위축되는 현상이 아니었다.

누구라도 약점이 있다는 걸 관찰로 알게 되면 늘 자신감이 샘솟았던 최정민이다.

하지만 약점이 하나도 없는 사내와 마주하자 압도당했던 것이다.

"A매치 하러 프랑스 팀이 내한했을 때도 직접 본 적 있거든요. 근데 형 같은 선수는 없었어요."

"그럼, 나 같은 사람은 없지."

최정민보다 더한 나르시시스트인 서문엽이었다.

"이렇게 유망주 찾아다닐 시간에 그냥 형이 선수 하세요."

"양민 학살 취미는 없어."

그렇게 해서 첫날에 선수 2명을 건진 서문엽이었다.

"어딜 그렇게 바쁘게 다녔어?"

늦게 집에 돌아오자 백제호가 물어보았다.

"2명 계약했지."

"2명이나?"

하루 만에 유망주를 2명이나 찾아 계약했냐는 질문이었다.

"형은 이삭줍기 전법으로 가고 있거든."

"어떤 애들인지 궁금하네. 나중에 소개 좀 시켜줘."

"흐흐, 그래. 둘 다 쓸 만할 거야."

YSM의 선수는 17명으로 늘어난 상태.

22명을 채우려면 아직 5명을 추가해야 했다.

"여기서 최혁도 데려오면 18명이군."

"혁이 정말 영입하게?"

"응, 계약 기간 1년밖에 안 남았다며?"

최혁은 현재 소속 팀인 쌍성 스피리츠와의 재계약을 미루고 있었다. 포지션 변경 문제로 갈등 중인 듯했다.

쌍성 스피리츠 감독은 백제호의 제의에 대해 아마추어가 헛소리를 하는 거라며 입에 게거품을 물고 주장한다고 했다.

사실상 포지션 변경을 제안한 서문엽까지 돌려 간 것.

어쨌거나 계약 기간이 1년밖에 안 남았다면, 지금이 최혁을 데려올 수 있는 절호의 찬스였다.

다음 날, 서문엽은 오전부터 쏜살같이 쌍성 스피리츠 클럽하우스를 향해 달려갔다.

"어, 어떻게 오셨습니까?"

"여기 감독 자식이 나한테 불만이 많다며? 낯짝 좀 보자."

클럽하우스의 나이 든 관리인은 두려움에 물들었다.

어딜 봐도 서문엽은 시비 걸러 온 사람이었다.

*　　　*　　　*

"감독 어디 있어?"

"여긴 이렇게 함부로 들어오실 수 있는 곳이……."

"응, 옛날에 청와대에서도 그런 말 하더라."

"……."

관리인은 자신이 나서서 말릴 수 없는 사람이라는 것을 금방 깨달았다.

상부에 보고하러 떠난 사이, 서문엽은 안으로 들어갔다.

건물 앞에 굉장히 넓은 육상 트랙이 보였다.

여러 가지 장애물이 설치되어 있고, 주변은 숲처럼 나무 등이 심어져서 던전의 느낌을 최대한 살리려고 노력한 흔적이 보였다.

그냥 저 잔디 깔린 숲에 누워서 쉬어도 좋을 것 같았다.

'돈 많은 티가 팍팍 나는 클럽이네.'

폐공장을 개조한 강화도 산골의 클럽하우스와는 상당히 비교되었다.

'그, 그래도 우리는 산도 탈 수 있어.'

애써 위안해 보았지만 그게 더 초라해 보였다.

언젠가 선수를 비싸게 팔아서 클럽하우스를 멋지게 개조하리라 마음먹은 서문엽이었다.

계속 주위를 둘러보았다.

트랙을 뛰는 선수들이 몇몇 보였다.

분석안으로 흘깃 보고는 혀를 쯧쯧 찼다.

'그래, 달리기라도 해라.'

더 이상 남아 있는 재능이 없이 모두 개발된 선수들이었다.

재능의 한계가 고작 저 정도인 것을 보면 괜히 안쓰러워 보이곤 했다.

건물 안으로 들어가니 휴게실이 가장 먼저 보였는데, 선수들은 아무도 안 보였다.

아무래도 여름 휴식기라 몇몇 선수를 제외하고는 모두 휴가를 즐기고 있는 모양이었다.

그때, 멀리서 관리인이 웬 배 나온 대머리 중년 사내와 함께 나타났다.

"이야, 서문엽 구단주님!"

배 나온 중년 사내가 다가와 인사를 했다.

"누구세요?"

"허허, 저는 쌍성 스피리츠 단장 김진태라고 합니다."

"단장? 아하, 선수 이적 영입 관리하는 책임자 맞죠?"

"하하, 네."

"우린 감독이 다 하고 있어서 몰랐네."

선수 관리와 기타 팀 운영을 잘하지 못했으면 최동준 감독은 이미 한참 전에 모가지였다.

"하하, 최동준 감독이 다재다능하잖습니까."

"농담이라도 그런 말씀 마십시오. 본인이 들으면 진짜인 줄 압니다."

뜬금없이 정색하고 대꾸하는 서문엽이었다.

단장은 웃는 얼굴을 계속 유지하느라 표정이 어색해졌다.

'제정신 가진 인간이 아니라고 했다. 정신 똑바로 차리자.'

서문재단의 광신도들 폭언 폭행.

선수 모집 중에 첫 번째 면접자를 피투성이로 만들어 쫓아
낸 서문엽.

생환 후에도 벌써 굵직한 사고를 일으키고 있는 서문엽은
김진태 단장에게 쌍성 그룹 회장님보다 더 대하기 어려운 존
재였다.

"듣기로는 저희 최문앙 감독을 찾으셨다고……."

"아, 그 양반도 낯짝 좀 보고 싶은데, 일단은 선수에 대해
이야기 좀 합시다."

김진태 단장은 긴장감을 느꼈다.

서문엽을 최문앙 감독과 만나게 해도 될지 걱정이 들었다.

최혁의 문제로 백제호에 대한 비난을 공공연히 하고 있는
최문앙 감독의 행동은 그도 알고 있었다.

그런데 최혁의 포지션 변경은 서문엽이 처음 한 얘기인 것
을 관계자들은 다 알았다.

백제호를 통해 서문엽까지 간접적으로 비난한 것이나 마찬
가지였다.

자칫 폭력 사태가 일어날 수도 있는 노릇이었다.

이런 성질 더러운 사람에게 아무리 패도 처벌을 안 받는 권
한까지 있다면?

'나라도 팬다.'

참 세상 살기 좋을 것이다. 싫은 놈을 다 팰 수 있으니까.

"선수 문제는 최문앙 감독과도 상의를 해야 하는데, 그래도 일단 저희끼리 얘기를 해볼까요?"

"음? 그럼 감독까지 다 같이 보죠. 뭐 하러 번거롭게 두 번 얘기해요?"

"그, 그렇죠? 그럼 감독실로 가죠."

김진태 단장은 그러면서 핸드폰으로 전화를 걸었다.

"최문앙 감독님? 지금 서문엽 구단주님과 함께 그쪽으로 가고 있습니다. 선수 문제로 상의를 하고 싶다던데요."

서문엽이 그리로 가니 알아서 마음의 준비를 하고 있으라는 경고였다.

함께 감독실에 도착했다.

그런데 감독실에서 기다리고 있는 사람은 두 명이었다.

"최문앙 감독입니다."

최문앙 감독이 인사했다.

백제호보다 좀 더 나이가 많아 보이는 초인이었다. 대략 50대 초중반쯤? 수염이 덥수룩해서 더 나이가 들어 보였다.

"쌍성 스피리츠 주장 염지혁입니다."

호리호리한 체격을 가진 젊은 초인이 인사했다. 분석안으로 보니 원거리 딜러였다.

"염지혁 선수는 어쩐 일로?"

김진태 단장의 물음에 염지혁도 어깨를 으쓱했다.

"개인 훈련 중이었는데 감독님이 갑자기 부르셔서요."

그제야 김진태 단장은 헛기침을 하는 최문앙 감독을 보며 이해한다는 표정을 지었다.

혹시라도 이성 잃은 서문엽에게 맞을까 봐 무서워서 보디가 드를 급히 부른 것이리라.

"선수 문제라면 여기 있는 팀의 주장도 알아야 하는 문제라 불렀습니다."

최문앙 감독은 그런 식으로 변명을 했다.

그런데 정작 서문엽은 조용했다.

침묵한 채 그저 최문앙 감독의 얼굴을 빤히 바라보고 있을 뿐이었다.

최문앙 감독의 표정도 떨떠름해졌다.

"뭐, 뭘 그렇게 쳐다보시오?"

서문엽이 계속 쳐다볼수록 최문앙 감독은 점점 눈빛이 불안으로 흔들렸다.

그때, 서문엽이 마침내 입을 열었다.

"우리 어디서 만난 적 있죠?"

화들짝 놀란 최문앙 감독.

"그, 그런 적 없습니다. 하하, 착각을 하신 것 같은데. 그래서 그, 그렇게 쳐다본 거요?"

태연한 척 대꾸하는데, 그런 것치고는 식은땀을 몹시 흘리는 최문앙 감독이었다.

"아닌데, 본 적 있는 것 같은데."

"그보다 용건이나 이야기합시다!"

최문앙 감독이 화제 전환을 시도했다.

하지만…….

"아냐, 아냐. 잠깐만요. 이런 기분으로 얘기 못 해. 잠시 기억의 늪을 좀 탐험해 볼게요."

"아, 아니, 만난 적 없다니까 왜 굳이……!"

"어디더라, 어디더라… 안 좋은 기억 같은데……."

"허, 허허, 안 좋은 기억이면 더더욱 굳이 애쓰지 맙시다."

최문앙 감독의 목소리가 점점 떨렸다.

이를 본 김진태 단장과 염지혁은 의아해졌다.

"초인이니까 아마도 던전에서 마찰을… 응? 던전?"

서문엽의 눈이 번쩍 뜨였다.

"아, 아니……."

"기억났다!"

버럭 소리 지르는 서문엽.

최문앙 감독은 화들짝 놀라 뒷걸음질을 쳤다.

서문엽의 눈빛이 사납게 변했다.

"난 던전 안에서 날 열받게 한 놈은 잊어버리지 않거든."

"그, 사람을 잘못 보셨다니까 그러네!"

"휴우, 1992년 일이라 하마터면 잊어버릴 뻔했네."

'좀 잊으란 말이야!'

최문앙 감독은 속으로 버럭 절규했다.

지금은 벌써 2022년이었다.

무려 30년 전의 일을 꺼낸 서문엽이 원망스러웠다.

"던전 공략 끝나고 죽여 버리려고 벼르고 있었는데 깜빡하고 그냥 넘어갔네."

"그, 그냥 넘어갔다고?!"

오리발을 내밀던 최문앙 감독이 저도 모르게 버럭 소리쳤다.

당시 최문앙 감독은 18세에 리더를 맡은 서문엽을 사사건건 반대하고 이의를 제기했다.

던전 공략에 대한 여러 가지 전략적 아이디어가 샘솟던 시기였다.

그런 감수성을 이기지 못하고 제갈공명이라도 된 듯이 잘난 체를 하고 싶었던 최문앙 감독.

그런데 서문엽이 죽일 듯이 노려보자 아차 싶어서 입을 다물었다.

그리고 던전 공략이 끝나고 귀환했을 때…….

'크윽! 아직도 몸이 쑤신다.'

그날 그는 맞아 죽을 뻔했다.

정말 죽이겠다고 패는 서문엽을 다른 초인들이 뜯어말려서 간신히 목숨을 건졌다.

그때는 아직 면책권도 없을 때였는데, 막가는 건 여전했다.

지금도 자다가 그때 일을 떠올리고는 벌떡 깬다.

서문엽이 생환했다는 소식을 듣자 혹시나 싶어서 수염까지 길렀다.

그런데도 저 미친놈은 기어코 그때 일을 떠올려 버린 것이다.

이미 그때 트라우마가 될 정도로 맞았다.

'그런데 원한만 기억하고 폭행한 일은 쏙 까먹다니, 어떻게 생겨먹은 기억력이야!'

그러다 김진태 단장, 염지혁의 눈길을 받고는 최문앙 감독은 아차 싶었다.

"흠흠, 아무래도 다른 사람과 착각한 것 같은데 그냥 넘어갑시다."

"흐음, 내 생각엔 잠시 단둘이 얘기를 좀 해봐야 할 것 같은데."

"뭐, 뭘 어쩌려고?!"

"에이, 겁먹지 말고. 설마 내가 한참 오래전 일로 보복을 하거나 그러겠어요?"

'넌 충분히 그럴 놈이야.'

"아니면 그냥 이 자리에서 이야기할까?"

서문엽이 눈을 가늘게 뜨며 물었다.

최문앙 감독은 눈을 질끈 감았다.

"단장님, 잠시 둘이 얘기하고 싶습니다."

"예, 그러죠. 모쪼록 어른답게 조용히 얘기만 하셨으면 좋겠습니다."

김진태 단장의 말에 최문앙 감독도 서문엽도 고개를 끄덕였다.

두 사람이 나가자, 단둘만 남았다.

서문엽이 도끼눈을 치켜뜨고 으르렁거리듯이 말했다.

"오더에 따르지는 않고 자꾸 조잡한 책상물림 이론만 지껄이던 놈, 맞지?"

"…아니라고 더는 부인하지 않지. 그땐 내가 바보 같던 시절이었어. 넌 더 어렸지만 나도 어렸으니까."

당시는 제2의 중2병 시기였던 20대 초반 시절이었다.

그때 혼자 공상하듯이 떠올렸던 수많은 전략들이 다 엉터리라는 것을 배틀필드 클럽 감독을 맡으면서 깨달았다.

누구나 다 어리석었던 시절이 있을 뿐, 지금도 여전히 그렇다는 법은 없었다.

"근데 넌 네가 날 죽일 듯이 폭행했던 일은 까맣게 잊고 있는 것 같군."

"아, 그래?"

"그러니까 속 편하게 잊었겠지. 원한을 품으면 하루도 못 참잖아?"

"…생각해 보니 그러네."

"그러니 이쯤에서 과거는 잊고 피차 어른답게 비즈니스 얘기를 하는 게 어떠냐?"

그렇게 말하면 서문엽만 철없는 인간이 되는 듯했다.

그러나…….

"그런 새끼가 백제호한테 이러쿵저러쿵 뒷말하고 다닌다며? 과거를 안 잊은 건 댁인데? 왜 어른인 척이야."

최문앙 감독은 찔끔했다.

"내가 안 그러게 생겼어? 멀쩡한 선수를 포지션 교체하자고 권하는 건 무슨 되먹지 못한 행동인가?"

"싫으면 거절하면 그만이잖아. 근데 왜 뒷말를 하냐고. 어디 나도 똑같이 해줄까?"

"뭐, 뭐를?"

"뭐긴. 기자들에게 댁과의 악연을 떠벌리고 다니는 거지. 아주 오지게 씹어줄 테니까 기대하는 게 좋아."

"그, 그건 명예훼손이야."

"명예훼손죄로 처벌해 보든가. 이 바닥이 원래 서로 디스도 하고 다 그런 거지 뭘."

최문앙 감독은 부들부들 떨었다.

하지만 명색이 어른이었다.

최문앙 감독은 화를 가라앉히고 말했다.

"원하는 걸 말해봐."

"최혁이 말이야. 1년밖에 안 남았지?"

"최혁을 데려가겠다고?"

"그래. 어차피 그대로 놔두면 반년 뒤에 이적료도 못 받고 떠나보내야 하잖아?"

축구와 비슷하게 배틀필드도 계약 기간이 반년밖에 남아 있지 않은 선수는 이적료 없이 떠나보낼 수밖에 없다.

"설득시키고 계속 근접 딜러로서 활동하게 하면 돼!"

"그 길로는 더 이상 발전이 없으니까 변화를 꾀하는 거잖아. 댁이 그 나이였으면 어떤 선택을 할 것 같아?"

최문앙 감독은 이를 으득 갈았다.

자신이라면 포지션 변경을 해서라도 국가 대표 마크를 달고 싶을 것이다.

서문엽과 백제호라는 명성 높은 영웅들이 권하는 일이니, 한번 자신의 인생을 건 도전을 해보고 싶을 것이다.

'어차피 대체할 근접 딜러는 많지.'

"나 돈이 별로 없어. 저렴하게 줘. 어차피 1년밖에 안 남았잖아."

"한 번만 더 그 일을 빌미로……."

"오케이. 깨끗이 잊겠어. 앞으로는 친하게 지내자고."

"……그럼 우린 이제 서로 아무 감정 없는 깔끔한 관계다."

"물론이죠, 최문앙 감독님."

"알겠소, 서문엽 구단주."

그제야 과거의 해묵은 원한을 청산한 두 사람이었다.

'나쁜 자식. 다시는 보지 말자.'

물론 최문앙 감독은 속으로 중얼거리는 걸 잊지 않았다.

그 후, 이적 협상은 최동준 감독에게 시켰다.

전략·전술·선수 발굴 외에는 의외로 일을 잘하는 최동준 감독은 협상도 잘했다.

〈YSM, 이적료 6억에 쌍성의 근접 딜러 최혁 영입〉

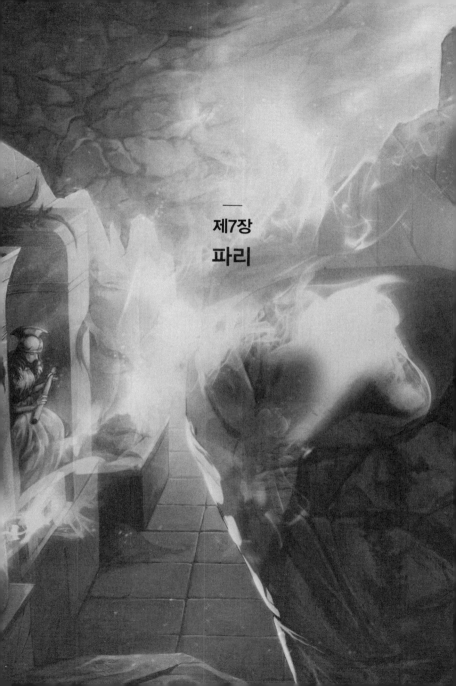

제7장
파리

　최혁은 고민 끝에 YSM으로의 이적에 동의했다.

　포지션 전향 문제의 시발점이었던 서문엽에게 자신의 운명을 맡기기로 한 것.

　눈에 띄는 스타 선수는 아니었지만 그래도 KB-1 상위 팀의 주전이었기 때문에, 5년 계약에 연봉은 무려 5억.

　능력에 비해 연봉도 참 더럽게 많이 받아간다고 서문엽은 분개했지만, 곧 탱커로 크게 흥할 놈이라 참았다.

　그리하여 YSM의 선수 인원은 총 18명.

　이에 맞춰 접속 모듈도 더 사들여 인원수에 맞췄다.

　졸업을 앞둔 3학년인 윤범은 바로 YSM 클럽하우스 선수

숙소에 들어와 지내기로 했다.

학교 측과 협의해 출석수는 졸업에 지장이 없도록 해주기로 했다.

"저, 근데 올해 수능은 보면 안 될까요?"

한참 입시 공부를 하던 중이라 여전히 수능에 미련을 보이는 윤범.

서문엽은 불끈 쥔 주먹을 보여주었다.

"우리 계약 내용 알지? 내가 그렇게까지 배려해 줬는데 선수 생활에 집중하지 않겠다면, 형이 너무너무 화가 날 것 같아요."

"죄, 죄송합니다."

윤범은 숙소에 몰래 가져온 수험 교재를 다 불태워 버리고 YSM의 일원이 되었다.

자칭 소설가 지망생인 최정민의 경우 아직 2학년이었는데, 처우에 대해 의견이 엇갈렸다.

"그냥 팀에 합류하게 하는 게 좋을 것 같은데?"

서문엽의 말에 최동준 감독이 다른 의견을 제시했다.

"여기 데려와 봐야 아직 2군입니다. 그냥 학교를 통해 유소년 리그에서 경험을 더 쌓게 하는 게 좋을 거라고 생각합니다."

"흐음⋯⋯."

서문엽은 깊이 고민했다.

최정민은 일단 분석안에 보이는 능력치는 딱 KB—2 리그의 후보 선수 수준이었다.

하지만 관찰 초능력으로 능력치 이상의 테크닉을 발휘하기 때문에 주전으로 세워도 충분히 통했다.

물론 능력치 외에 실전 경험도 중요하기 때문에 당장 통한다고 말할 수는 없다.

'하지만 실전 경험이라고 하면 오히려 일찌감치 팀에 데려오는 게 낫다.'

프로 선수들과 함께 부대껴서 실전을 쌓는 편이 나을 듯했다.

당장 활약을 하진 않겠지만, 서문엽은 장기적으로 보는 것이지 당장의 성과를 원하고 투자하는 게 아니었다.

"불러오자. 학교는 자퇴를 권해봐."

"괜찮으시겠습니까? 당장 뚜렷한 활약은 못 할 텐데요."

"걔는 초능력이 아주 좋아. 프로들과 있어야 성장도 더 빨라질 거야. 후반기 시즌에 종종 출전시켜 줘."

"네."

"그리고 쌍성에서 데려온 최혁은 탱커로 포지션 전환을 할 거야."

"네, 들었습니다."

"새 포지션에 적응할 때까지 근력 트레이닝부터 실전 경험까지 기간이 필요해. 후반기 시즌에 되도록 계속 내보내며 담

금질시켜."

"당장 잘할 수가 있을까요?"

"잘은 못해도 그렇다고 또 KB-2 리그 수준에서 밀릴 수준도 아닐 거야. 아무튼 이번 후반기 시즌은 여러 가지로 실험적이니까 성적은 크게 신경 쓰지 않아도 돼."

"네, 그렇게 하겠습니다."

성적에 신경 쓰지 않아도 된다는 말에 꼴지 전문가였던 최동준 감독은 안도와 아쉬움이 함께했다.

요번에 팀 성적이 11위를 기록하면서, 지도자로서 난생처음 보람을 느꼈다.

선수 보강까지 이루어졌으니 다음에는 더 높은 성적을 거두고 싶어졌다.

'어찌 되었건 최선을 다해봐야지. 그리고 구단주님 안목은 귀신이니까 생각보다 더.빨리 신입들의 기량이 올라올 수도 있고.'

최동준 감독은 이미 서문엽의 안목을 철석같이 믿었다.

이나연, 조승호, 남궁지훈, 그리고 지구력을 키워서 경기력이 급상승한 노정환까지.

한 번도 어김없이 펑펑 대박이 터졌다.

그때도 효과가 나오려면 시간이 걸릴 거라고 생각했는데 생각보다 훨씬 일찍 결과물이 나왔다.

그들 4인조의 기량 상승은 아직도 현재진행형이기 때문에

YSM의 미래는 매우 밝았다.

서문엽은 별 야심이 없어 보였지만, 최동준 감독은 오랜만에 감독으로서 도전의 욕구를 느꼈다.

'이번 신입들까지 전부 터지면 승격도 가능해.'

*　　　*　　　*

"후, 아직 18명인데 더 채울 수가 없네."

거의 경기도를 이 잡듯이 뒤지고 온 서문엽은 녹초가 되어 소파에 널브러졌다.

"삼촌이 웬일로 그렇게 열심히 돌아다니며 일했어?"

휴가를 맞이한 백하연은 현재 프랑스어 회화 책을 읽으며 씨름 중이었다.

서문엽은 백하연의 손에 들린 책 제목을 보고는 픗 하고 웃었다.

"쉽게 배우는 왕초보 프랑스어 첫걸음?"

"놀리지 마!"

"쉽게, 왕초보, 첫걸음, 정말 안 어려울 것 같은 단어는 다 갖다 붙인 책이네. 우리 하연이를 위한 교재 같다."

"아으! 나 진짜 심각해!"

백하연이 씩씩거리며 화를 냈다.

전반기 시즌, KB—1 리그를 빛낸 최고의 선수는 누가 뭐래도 백하연이었다.

시즌 최다 킬!

전반기 시즌 MVP.

지난번 2021년 후반기 때는 최다 어시스트를 기록했었던 백하연의 완벽한 변신이었다.

보조 딜러에서 근접 딜러로의 변신.

그와 함께 폭발한 공격성이 KB-1 리그의 흥행에 크게 일조했다.

구름 관중을 몰고 다니던 백하연은 결국 파리 뤼미에르 BC로부터 정식 오퍼를 받았다.

백하연은 유럽 최고의 에이전트인 제이크 랜드와 계약하고서 파리 진출을 준비 중이었다.

물론 제이크 랜드를 소개해 준 사람은 파티 때 명함을 받았던 서문엽이었다.

서문엽의 생각에는 믿음직한 멘토이고 인간성도 좋은 제이크 랜드가 조카를 맡기기 적당했던 것.

그리고 제이크 랜드는 계약하자마자 프랑스어를 공부하라고 강력하게 권했다.

바로 공부가 문제였다.

"우리 돌머리 하연이, 그럼 오늘부터 삼촌이랑 프랑스어로 대화할까?"

"잘난 체하지 마시지!"

"그냥 현지에서 사람들과 부대끼다 보면 자연히 익히는 건데. 이게 힘들다니 삼촌은 참 걱정돼요."

"삼촌은 초등학교 중퇴면서 쓸데없이 머리가 좋아. 몇 개 국어 할 줄 아는 거야?"

"영어, 프랑스어, 독일어, 러시아어."

"힉!"

"그땐 그랬단다. 영어는 어딜 가나 쓰였고, 러시아는 땅덩이가 넓어 던전도 많았고, 장비는 프랑스제와 독일제가 좋았고."

"아으, 난 삼촌이 롤 모델이었는데 이제 미워!"

"자자, 앙탈 부리지 말고 열심히 공부하자. 프랑스어 못한 채로 거기 가면 정말 오더를 못 알아들어서 죽 쑬 수가 있어요."

"흐흐, 삼촌. 그냥 삼촌도 나랑 같이 파리 가면 안 돼?"

"나도?"

"삼촌이랑 같은 팀 되면 언어 문제가 없잖아."

"나더러 네 통역 겸 선수로 가라는 거니……"

"삼촌이 가면 당연히 삼촌이 리더로서 오더를 내릴 테고, 그럼 나한테는 한국말로 지시하면 되잖아."

"…그건 또 맞는 말이긴 하네."

"삼촌! 2부 리그에서 소꿉놀이 그만하고 나랑 프랑스 가자, 응?"

"소꿉놀이라……"

이렇게 들으니 확실히 백하연이 한국 최고의 배틀필드 스타인 게 느껴졌다.

2부 리그 최악의 팀을 사서 그 레벨의 선수들로 머리를 굴리다가 백하연을 보니, 새삼스레 굉장한 인재구나 하고 느껴지는 것이었다.

"이 삼촌이 YSM을 한국 최고로 만들어놓을 테니까, 파리에서 망하면 여기로 오려무나."

"안 망해! 무슨 삼촌이 돼서 그런 소릴 해!"

"망할지도 모르잖니. 프랑스어 못해서."

"아으 몰라! 공부할 거니까 말 걸지 마!"

하지만 프랑스어 교재를 보다가 1분 만에 다시 한숨을 푹 쉬는 백하연은 확실히 돌머리였다.

서문엽은 곰곰이 생각하다가 좋은 아이디어가 떠올랐다.

"하연아, 그럼 같이 배틀필드 경기를 보자."

"경기는 왜?"

"삼촌이 경기 해설을 프랑스어로 말해줄게."

"오, 진짜?"

"그럼 배틀필드에서 쓰이는 프랑스어 단어가 귀에 익을 수 있잖니."

"그래, 그거 하자!"

이내 TV로 지난 경기 VOD를 보며 사이좋게 공부를 하는 두 사람이었다. 배틀필드 용어를 프랑스어로 말해주니 백하연의 반응이 매우 좋았다.

하지만 이때까지만 해도 서문엽은 몰랐다.

프랑스에 자신도 따라가게 될 줄을 말이다.

*　　　　*　　　　*

백하연의 계약 문제는 제이크 랜드가 직접 챙기고 있었다.

수많은 스타 선수들을 관리하고 있어 파워가 상당한 제이크 랜드.

거기에 파리 뤼미에르 BC 또한 모종의 이유로 백하연에게 잘 대우해 줄 필요가 있었다.

250만 유로의 이적료로 백하연을 영입한 파리 뤼미에르 BC는 주급 4만 유로에 출전 수당 3,000유로, 킬 수당 3,000유로, 어시스트 수당 1,500유로, 승리 수당 3,000유로의 옵션을 제공했다.

주급은 파리 뤼미에르 BC에 포진한 스타 선수들에 비하면 별것 아니었지만, 옵션이 높았기 때문에 하기에 따라서는 1.5배 이상의 연봉을 챙길 수도 있었다.

제이크 랜드는 직접 한국에 와서 백하연에게 이 사실을 알려주었다.

그런데 그는 뜬금없이 서문엽까지 불러서 말을 전했다.

"파리에서 피지컬 테스트를 받고 나면 계약이 완료됩니다. 그런데 모로 형제가 서문엽 씨 또한 초청하고 싶다고 전해왔습니다."

"난 왜?"

"미스 백의 통역도 할 겸, 드릴 선물도 있다더군요."

"선물?"

서문엽은 파티에서 모로 형제와의 대화를 떠올렸다. 뭔가가 생각났다.

"참고로 저희는 무기상을 관뒀지만 여전히 최고의 기술력을 가진 무기 공방을 보유하고 있습니다. 3단 우산처럼 버튼 하나에 펼쳐지는 창도 만들어 드리죠."

"아, 생각난다. 나를 위한 무기를 만들어준다고 했는데 정말 만들었나 보네."

"하하, 서문엽 씨를 초청할 비용으로는 싼 편이겠죠."

"근데 난 바쁜데. 요즘 영입할 선수들을 찾아다녀야 해서."

"호오, 서문엽 씨의 팀에 영입할 선수를 찾으십니까?"

제이크 랜드의 눈이 빛났다.

서문엽은 손사래를 쳤다.

"댁 같은 거물 에이전트에게 문의할 정도는 못 돼. 그럴 돈은 없다고."

"저를 통하는 것은 아니더라도, 그럼 한번 파리에서도 찾아보시죠?"

"응?"

서문엽의 눈이 번쩍 뜨였다.

"한국은 규정상 팀당 5명의 외국인 선수를 보유할 수 있습니다. 잘만 찾아보면 적절한 연봉에 임대할 수 있는 선수가 파리에 있지 않겠습니까? 파리에는 꽤 많은 클럽과 선수가 있습니다."

"그럴까?"

서문엽은 일리가 있다고 여겼다.

왜 이 좁은 한국에서만 인재를 찾으려고 기를 썼을까?

수많은 유망주가 배틀필드 스타를 꿈꾸며 모여드는 파리라면 인재를 찾기가 더 쉬울 터였다.

제이크 랜드는 미소를 지으며 말을 이었다.

"배틀필드 초창기에 선수가 되기 위해 한국을 떠나야 했던 한인 선수들 중에는 선수 생활의 마지막을 고국에서 하고 싶어 하는 이들이 꽤 있습니다."

"오, 그럴 수도 있겠네. 조언 고마워."

"별말씀을."

제이크 랜드는 도움이 돼서 기쁘다는 듯 사람 좋게 웃어 보일 뿐이었다. 서문엽과 좋은 신뢰 관계를 구축하고 싶어 하는 제이크 랜드였다.

서문엽은 골똘히 생각했다.

'초창기에 해외로 유출된 초인들이 진짜 실력자들이었다지?'

어쩌면 나이는 들었으되 여전히 활약할 수 있는 선수들을
싼값에 데려올 수 있을지도 몰랐다.

　　　　　　*　　　　　*　　　　　*

　"앗, 너무 부럽다!"
　백하연과 서문엽이 함께 파리로 간다고 하자 한승희도 몸
이 달았다.
　같이 가고는 싶은데 남편을 혼자 둘 수는 없어서 백제호의
눈치를 살폈다.
　"다녀와……."
　백제호가 쓸쓸하게 말하자 한승희는 뛸 듯이 기뻐했다.
　"야호! 고마워, 여보!"
　"잘 있어라, 기러기 아빠. 잘 놀다 올게."
　서문엽도 백제호의 어깨를 툭툭 치며 약을 올렸다.
　세 사람은 시시덕거리며 해외여행 갈 준비를 했다.
　"내 팔자야……."
　백제호는 한숨을 푹 쉬었다.
　팔자에도 없던 대표 팀 감독을 맡은 뒤로 풀리는 일이 없
었다.
　그러거나 말거나 세 사람은 짐을 바리바리 싸들고 제이크
랜드가 보내준 직원의 안내에 따라 프랑스로 향했다.

파리, 샤를드골 국제공항.

파리 뤼미에르 BC의 관계자가 마중을 나와 있었다.

관계자는 관계자였다.

"서문엽 씨!"

신나서 손을 흔드는 키 작은 대머리 백인.

바로 모로 형제 중 동생, 필립 모로가 손을 흔들고 있었다.

파리 뤼미에르 BC의 관계자 중의 관계자!

저만한 거물이 마중 나와 있으니 당연히 기자들도 잔뜩 모여 있었다.

서문엽은 떨떠름해졌다.

"왜 댁이 직접 마중을 나와?"

"선수 관리는 또 제가 총책임자 아닙니까."

"당신 때문에 기자들 몰려왔잖아."

"백하연 양 같은 신인은 눈에 띌수록 좋지요. 자, 오신 김에 인터뷰나 잠깐 하고 가시죠?"

생각해 보니 그도 그랬다.

백제호의 딸이라는 후광이 있긴 하지만, 백하연은 아직 검증이 안 된 신인 선수였다.

한국 무대에서 활약했다 해도, 프랑스 프르미에 리그에서는 경력으로 쳐주지도 않는다.

결국 일행은 기자들에게 둘러싸였다. 당연하지만 그들 대부분 목표는 서문엽이었다.

하지만 서문엽은 백하연과 함께 따로 인터뷰에 응했다.

"서문엽 씨, 생환 후 프랑스에 첫 방문이신데 기분이 어떠십니까?"

"좋죠. 늘 던전 문제로 방문했었는데, 마음 편히 놀러온 건 이번이 처음이니까."

"모로 형제와의 교분이 두터우신데 차후 파리 뤼미에르 BC에서 선수 생활을 하실 의향이 있으신 겁니까?"

"제의는 받은 적 있지만 아직 그런 계획은 없습니다. 오늘은 제 조카가 파리 뤼미에르에 입단하게 되어서 응원차 온 겁니다."

그러면서 서문엽은 곁에 있는 백하연을 가리켰다.

백하연에게 언론의 관심이 가도록 유도하는 것이었다.

단단히 준비하고 최대한 예쁘게 차려입은 백하연은 기자들이 사진을 찍어 가기에도 안성맞춤이었다.

"서문엽 씨, 프랑스에 오신 김에 7영웅의 동료인 에릭 튀랑 씨를 만날 계획이 있으십니까?"

에릭 튀랑.

프랑스의 초인으로, 키 크고 탄력 넘치는 근접 딜러였다.

시골 농부처럼 순박한 흑인 청년이었다. 말도 참 잘 들어서 서문엽도 마음에 들어 했던 동료였다.

다만 싸울 때는 사람이 달라져서 미친놈처럼 도끼를 휘둘러 댔다. 다행히 대상은 오직 괴물이었고, 사람에게 화내는 일은 일절 없었다.

"걔 시골에 처박혀 있지 않나? 거기까지 찾아가고 싶진 않은데."

서문엽은 대수롭지 않게 대꾸했다.

듣기로 에릭 뒤랑은 최후의 던전 공략 후, 거액의 보상금을 받고서는 고향인 시골 동네에 대저택을 짓고 조용히 은거했다고 들었다. 요트 타고 다니며 낚시하는 낙으로 산다나?

"걔가 이리로 찾아온다면 만나고 싶긴 합니다. 솔직히 전 걔가 너무 순진해서 재산 다 날릴까 봐 걱정했는데, 똑똑한 마누라 만나서 잘산다면서요? 팔자가 저보다 낫네요."

그 말에 기자들은 웃음을 터뜨렸다.

에릭 뒤랑은 모델 출신의 예쁜 아내와 함께 아들 하나, 딸 둘 낳고 화목하게 살고 있다.

아내가 또 수완이 있어 패션 사업에서 재미를 좀 보고 있다고 했다.

에릭 뒤랑은 사람 둘, 즉 서문엽과 아내를 잘 만나 팔자를 고친 행운아의 대명사로 여겨졌다.

그렇게 인터뷰가 끝나고서 곧바로 파리 뤼미에르 BC로 향했다.

좋은 데서 외식 좀 하려 했더니 필립 모로가 만류했다.

"저희 클럽의 주방장이 미슐랭 3스타 출신입니다."

어느 고급 레스토랑 못지않게 식당을 꾸며놔서 자기 클럽 선수들에게 매일 호화로운 식사를 하도록 배려했다고 한다.

그 말에 백하연은 더더욱 신이 났다.

"삼촌, 나 클럽 가서 먹을래."

"그래, 그러자."

꿈의 클럽인 파리 뤼미에르에 대한 환상에 부푼 조카의 뜻에 따르기로 했다.

클럽하우스에서 다양한 관계자와 만나 인사를 나눴다.

특히 모로 형제의 형 장 모로가 달려와 서문엽의 두 손을 맞잡았다.

"정말 잘 오셨습니다! 서문엽 씨가 우리 클럽에 방문할 날이 올 줄이야!"

"아아, 그래요, 그래. 나도 반가워요."

"휴, 서문엽 씨가 저희 클럽에서 활약하신다면 그보다 좋을 수가 있을까요."

"대신 제 조카가 활약할 테니 잘 부탁해요."

"물론이죠. 누구 조카인데요."

그 전에 백제호의 외동딸이지만, 서문엽 광팬인 이 형제에게 7영웅의 다른 멤버는 안중에도 없었다.

인사를 나누다 못해 슬슬 귀찮아진 서문엽이 필립 모로에게 말했다.

"피지컬 테스트부터 빨리 끝냅시다."

"예, 그러지요. 다 준비가 됐습니다."

테스트는 원활하게 끝났다.

파리 뤼미에르 BC의 다른 주전 선수들보다 우수한 것은 아니었지만, 필립 모로는 예상보다 훌륭하다며 좋아했다.

'당연히 예상보다 좋지.'

서문엽은 이를 당연시 여겼다.

—대상: 백하연(인간)

—근력 72/82

—민첩성 90/90

—속도 94/95

—지구력 67/80

—정신력 81/81

—기술 70/75

—오러 67/70

—초능력: 순간 이동, 로프

백하연은 근접 딜러로 왕성하게 활약하면서 두 가지 부문에서 큰 성장을 이룩했다.

근력은 65에서 72로 7 상승.

지구력도 61에서 67로 6 상승.

거기에 추가로 기술은 68에서 70으로, 오러는 66에서 67로 올랐다.

한국 나이로 24세.

초인으로서 한창 성장기에 서문엽의 정확한 처방을 받아 기량이 만개한 것이다.

'여긴 주방장도 미슐랭 3스타짜리인데, 코치진도 최고겠지.'

이곳에서 근력을 82까지 다 찍고, 지구력도 80을 다 찍는다면?

거기에 기술까지 75를 꽉 채우면, 파리 뤼미에르 BC가 제아무리 세계 최고의 클럽이라 해도 능히 주전을 할 수 있을 것이다.

'기술하고 오러가 좀 약해서 아쉽긴 하지만, 초능력이 좋으니 커버 가능하지.'

백하연을 이적료 250만 유로로 데려왔다고 하던데, 서문엽이 생각하기에는 파리 뤼미에르 BC가 저렴하게 잘 영입한 거였다.

물론 자기들 딴에는 서문엽에게 잘 보이기 위해서 다른 선수를 영입하는 대신 굳이 백하연을 선택했다고 말할지 모르지만, 서문엽은 마음의 빚이 전혀 없었다.

'너희들 영입 잘한 줄 알아라, 이 자식들아.'

오히려 필립 모로의 수완이 훌륭하다고 여겨졌다.

서문엽의 환심을 사려고 하면서도, 그 와중에도 백하연의 가치를 알아봤기 때문에 겸사겸사 영입을 결정한 것일 터.

하지만 그래서 더 믿음이 갔다.

'수완 좋은 형제이니 앞으로도 좋은 클럽이 되겠어.'

조카가 뛰기에 딱 좋은 클럽이었다.

테스트가 끝나고 계약이 마무리되었다.

다 마무리되자 서문엽이 비로소 걱정을 꺼냈다.

"얘가 언어가 안 돼서 걱정인데 말이야."

"통역 겸 프랑스어 교사를 준비해 뒀습니다. 어떤 분의 조카인데 저희가 준비를 소홀했겠습니까?"

필립 모로가 또 알랑방귀를 뀐다.

어차피 당연히 해야 할 일이었으면서 그걸 또 생색내는 형제였다.

"집과 차도 준비해 뒀는데 한번 구경해 보시겠습니까?"

서문엽이 그 말을 통역해 주자 백하연이 정신없이 고개를 끄덕였다.

"응, 집 볼래!"

"그래, 집이 가장 중요하니까. 마음에 안 들면 더 좋은 데로 한 채 사자꾸나."

한승희도 거들었다. 재벌가 부인 같은 풍모가 느껴지는 한마디였다.

모로 형제는 겨우 선수 일가족에게 숙소를 보여주는 일도 자청했다.

아무리 서문엽이 귀한 손님이라지만, 보유 자산이 100억 유로를 넘긴 갑부 형제치고는 참 할 일도 없구나 싶은 모습이었다.

서문엽은 찰거머리처럼 붙어 있는 모로 형제와 잡담을 나눴다.

"근데 여긴 총 몇 경기야?"

"한국과 같을 겁니다. 프르미에 리그는 38경기죠."

"무슨 축구도 아니고 왜 1년 38경기야? 어차피 아바타로 뛰는 건데 76경기를 해도 되잖아?"

실제 몸으로 경기를 뛰는 게 아니므로 부상이나 체력 문제가 없었다.

막말로 이틀에 한 번 꼴로 경기를 치러도 되지 않나 싶은 서문엽이었다.

그러나 필립 모로가 고개를 저었다.

"컵 대회와 챔피언스 리그까지 합하면 경기 수가 더 늘어납니다. 그리고 경기 때마다 폭력에 노출되고 죽음을 간접 체험한다고 생각해 보십시오."

"음, 정신력이 향상되겠네?"

최후의 던전에서 정신력 110이 되어 돌아온 서문엽. 경험에서 우러나온 무식한 대답이었다.

필립 모로는 씨익 웃었다.

"그야 위대하신 서문엽 씨라면 죽음도 강인한 정신을 꺾지 못하겠지요. 하지만 보통 선수들은 정신이 피폐해집니다. 그래서 저희 클럽은 저명한 상담사를 두어서 멘탈 케어를 철저히 하고 있습니다."

배틀필드 시스템은 고통을 적게 느끼도록 조정되어 있고, 치명적인 타격을 받으면 고통이 느껴지지 않고 아바타가 소멸되도록 되어 있었다.

신체 일부분이 손상되어도 출혈이 없으며, 피나 살, 뼈도 구현해 놓지 않는다. 이는 보는 관중은 물론 선수까지 배려한 보호 조치였다.

하지만 그럼에도 서로 죽이는 게임인 탓에 정신적인 대미지를 입는 경우가 종종 있었다.

초인들 대부분이 일반인보다 정신력이 높아서 별 타격을 받지 않지만, 심영수처럼 오히려 일반인보다도 멘탈이 나약한 경우도 있으니 말이다.

"으음, 난 그런 부분은 전혀 신경을 쓰지 못했는데."

"한국 클럽들이 전반적으로 그런 멘탈 케어가 부족합니다. 그렇게 초인들의 폭력성을 경계하면서도 정작 멘탈 관리는 소홀하니 참 희한하죠?"

"뭘 희한해. 그냥 나라가 개판이라 그렇지."

돌아가면 YSM도 선수 케어에 좀 더 신경 쓰기로 결심한 서문엽이었다.

백하연의 숙소에 도착했다.

마당에 꽃이 가꿔진 3층 저택. 하얀 담장까지도 영화의 한 장면처럼 예뻤다.

물론 백제호의 대저택보다는 훨씬 작지만 혼자 살기에 여유 있는 숙소였다.

"아, 예쁘다!"

"그러게. 인테리어도 신경 많이 썼나 봐."

백하연과 한승희 모녀는 파리답게 예쁘게 꾸며진 집을 둘러보며 좋아했다.

그런데 그때였다.

끼익!

밖에서 급히 달려온 차가 브레이크를 밟으며 급정거한 소리가 들렸다.

무슨 일인가 싶었는데, 이윽고 집 안으로 웬 흑발의 잘생긴 미청년이 불쑥 들어왔다.

"모로 아저씨! 미스터 서문이 왔다면서요?"

서문엽은 나? 하는 표정으로 돌아보았다.

"어머, 잘생겼다, 애."

"그러게. 쓸 만하네."

한승희와 백하연은 한국말로 쑥덕거린다.

구단주 모로 형제를 아저씨라고 친근히 부르는 미청년.

바로 파리 뤼미에르 BC의 에이스 나단 베르나흐였다.

제8장

유혹

프랑스 국가 대표 팀 에이스.

파리 뤼미에르 BC의 에이스.

2021년 올해의 선수상 수상.

나단 베르나흐가 깜짝 등장하자 필립 모로가 반가워했다.

"오, 나단! 여긴 무슨 일이지?"

"무슨 일이긴요? 미스터 서문을 보려고 왔죠."

천진난만하게 대답한 나단은 백하연을 스윽 보더니, 눈웃음을 지으며 덧붙였다.

"새로운 동료도 환영할 겸."

느끼한 눈길과 함께 근사한 미소를 지어 보이는 나단.

이에 백하연도 씨익 웃어주면서, 복화술처럼 나직이 속삭였다.

"엄마, 쟤 뭐래?"

"엄마도 프랑스어 잘 몰라, 얘. 어머머, 눈빛 야한 거 봐."

나단의 눈빛에 한승희가 더 부끄러워했다. 드라마 키스신을 볼 때와 동일한 반응이었다.

"쟤 나한테 추파 보내는 거야? 흐흐흐."

월드 스타 나단의 눈길에 그저 우쭐해하는 백하연.

눈빛 교환을 좀 하다가 나단은 곧 서문엽에게 관심을 돌렸다.

"미스터 서문!"

"그래, 네가 나단이구나."

"파리에 온 것을 환영해요! 와우, 얼마나 만나고 싶었는데요."

"그러냐? 나도 반갑다."

서문엽은 기생오라비처럼 생겨가지고는 열정적인 눈빛으로 자신을 쳐다보는 나단에게 부담을 느꼈다.

그래도 조카를 위해 친절하게 대하기로 했다.

악수를 하려고 했는데, 나단이 선수 쳤다.

냅다 다가와 포옹을 해온 것이다.

'뭐지, 이 부담되는 놈은?'

자신의 광팬 모로 형제와 동급의 부담감이었다.

일단 어쩔 수 없이 포옹을 받아주었다.

본래 징그러우니까 꺼지라고 한마디 했어도 모자라지 않은 서문엽.

그러나 조카를 위해 꾹 참았다.

'하연이랑 친하게 지내게 해야 돼!'

성격이 활달해 사교성은 문제없는 백하연.

그러나 프랑스어를 모르는 게 치명적이었다.

'인사나 가벼운 일상 질문까지 숙지시키려 했는데, 워낙에 돌머리라 무리였다.'

배틀필드에서 쓰이는 용어를 속성으로 가르쳤다. 상황극까지 하며 프랑스어로 오더를 내려도 간신히 알아들을 정도까지 숙지시켰다.

디테일한 지시가 떨어지면 어려워지겠지만 그건 차차 해결될 문제이고, 일단 기본은 할 수 있게 해놓았다.

하지만 경기 외적으로 동료들과 친해지기는 힘들다.

서로 잡담을 나누며 사적으로 교류할 수가 없으니까 말이다.

그렇게 한번 공사 구별이 고착되면 프랑스어를 익힌 뒤에도 친해지기가 힘들어진다.

그러니 나단에게 백하연을 잘 보살피라고 말해놓을 참이었다.

물론……

'근데 이 새끼 눈깔에 버터를 발랐나. 하연이에게 찝쩍대지 말라고 경고해 둬야겠다.'

걱정이 참 많은 삼촌이었다.

"서문! 절 칭찬하신 적 있잖아요. 매우 기뻤어요."

"아, 그거 제럴드 워커 욕하면서 비유를 든 거지."

"하하, 그래도요. 초인 중의 초인, 7영웅 리더께서 칭찬해 주신 거잖아요!"

'너 같은 놈을 칭찬 안 하면 누굴 칭찬하겠니?'

서문엽은 이미 분석안으로 나단 베르나흐의 능력치를 보았다.

—대상: 나단 베르나흐(인간)

—근력 83/95

—민첩성 100/100

—속도 95/95

—지구력 81/83

—정신력 87/92

—기술 90/95

—오러 91/91

—초능력: 분신

—분신: 절반의 오러를 소모해 몸을 둘로 나눈다. 다시 합치면

30%의 오러를 회복한다. 한쪽이 죽으면 다른 쪽도 타격을 입어 오러를 10%만 보존한 채 흩어진다.

'이거 완전 미친 새끼네.'

지구력 빼고 죄다 잠재력이 90 이상.

기술이 90/95라는 점에서 전성기 백제호보다 무서웠다.

지구력도 80대라 약점이라고 보기도 어려웠다. KB—1 리그의 웬만한 탱커들보다 높은 수치 아닌가?

더 황당한 건 분신이었다.

말이 분신이지, 둘로 나뉜 몸이 둘 다 진짜다.

물론 오러도 둘로 나뉘어서 위력이 반감되겠지만, 오러양이 적다 해도 다른 능력치들이 사기인 건 마찬가지.

'기술이 90/95면 둘로 나뉜 몸을 활용한 합격술을 펼치는 데도 모자람이 없겠지.'

저러면 나단 혼자서 둘이든 셋이든 넷이든 상대할 수 있다.

한국과의 A매치에서 한국 대표 팀 선수들을 썰어버린 것도 당연한 일.

'다 성장한 제럴드 워커랑 싸우면 누가 이길까?'

제럴드 워커도 근력·지구력이 100·100에, 그 덩치에 민첩성도 잠재력이 96이었다.

정말 싸움을 한번 붙여보고 싶었다.

'아하, 이래서 다들 배틀필드에 환장하는구나.'

쟤랑 쟤가 싸우면 누가 이길까?

그야말로 남자의 원초적인 욕망을 자극하는 스포츠였다.

"근데 제럴드 워커와 화해했어요?"

"응? 걔가 왜?"

"요즘 제럴드는 기자들이 미스터 서문에 대해 물어봐도 칭찬만 하던데요? 얼마 전까지는 서로 대립했잖아요?"

"대립은 무슨. 얼마 전에 형이 걔 손봐줬어."

"네? 정말요?"

나단의 두 눈이 휘둥그레졌다.

이는 모로 형제도 마찬가지였다.

"워커와 싸워보셨단 말입니까?"

"그런 얘기는 못 들었는데요!"

싸워서 누가 이겼느냐는 얘기는 또 남자들이 환장할 만한 주제였다.

"걔가 진짜로 집에 찾아왔기에 참교육시켜서 보냈지."

그리고 교육비로 1,000만 달러를 받았다.

나단은 충격받은 표정이 되었다.

"정말 일대일로 워커를 이기는 게 가능한가요?"

나단조차도 상대가 제럴드 워커면 안 싸워주는 쪽을 택한다.

시간 장소 제한 없이 순수하게 겨룬다면 결과는 알 수 없지만, 경기에서 근접 딜러가 탱커와 싸워준다는 것 자체가 전술적으로 손해였다.

게다가 던전에서 제럴드 워커는 정말 안 죽는다.

오죽하면 워커는 팀이 지기 전에는 안 죽는다는 말이 있을까.

"가능하지 그럼. 걔도 사람인데."

우쭐해진 서문엽은 홧김에 제럴드 워커와 겨뤘던 일을 자랑했다.

모로 형제는 미간에 주름이 잡혔다.

"그런 큰돈을 자문료로 보냈다면 그만한 도움이 됐다는 뜻인데."

"앞으로 더 성장한다는 뜻이잖아?"

제럴드 워커는 장차 톱3의 아성을 위협해 올해의 선수상 경쟁에 합류할 것으로 촉망되는 선수였다.

뚜렷한 단점이 있었기에 걸림돌이 됐는데, 얘기를 들어보면 서문엽이 상당 부분 개선시켜 준 것으로 보였다.

"정말 괜한 일을 하신 것 같은데."

"하지만 적수를 더 키워주는 담대함은 영웅다워."

모로 형제는 언제나 그렇듯 서문엽에 대한 찬양으로 결론을 내렸다.

그러나 나단은 흘끔흘끔 서문엽을 보기 시작했다.

얼마나 강할까?

그도 남자였던지라 호승심이 들기 시작한 것이다.

집을 다 둘러보고서 나단이 백하연과 한승희에게 쇼핑을 하지 않겠냐고 제안했다.

두 여자는 좋다고 손뼉을 쳤다.

새집을 봤으니 새집에 채워 넣을 각종 물건을 쇼핑하고 싶은 것이 인지상정이었다.

서문엽은 여자들 비위를 잘 맞추며 쉽게 어울리는 나단을 가늘게 뜬 눈으로 쳐다봤다.

'역시 천성이야.'

백하연에게 단단히 주의시켜야겠다고 다시 한번 다짐했다.

일단은 클럽하우스의 식당에서 식사를 했는데, 식당은 정말로 최고급 레스토랑이나 다름없었다.

식당에서 일하는 종업원들의 서비스도 최상에 맛도 최상.

만약 돈 받고 장사를 했다면 미슐랭에서 별 두세 개는 족히 딸 것 같았다.

이런 곳을 선수들 및 클럽하우스 관계자들만 이용한다니, 호화의 극치였다.

식사 중 서문엽은 백하연에게 속삭였다.

"나단 쟤 조심해라. 여자 엄청 많을 거야."

그러나 백하연은 대수롭지 않은 표정이었다.

"별 걱정 다 한다. 내 타입 아냐."

"그럼 어떤 게 네 타입이니?"

한승희가 불쑥 끼어들었다.

"나는 좀 거칠고 호탕한 남자가 좋더라."

그 말에 살짝 굳은 한승희의 표정.

"…그런 남자들은 사고를 잘 치잖니?"

"원래 사고 좀 치는 남자가 큰일을 하는 법이야."

"막상 살아보면 네 아버지처럼 자상한 타입이 여자를 행복하게 해준단다."

"에이 몰라, 행복 같은 건 그냥 내가 만들 거야."

대화를 듣던 서문엽은 '그렇다고 제럴드 워커 같은 새끼는 더 안 되는데'라고 생각 중이었다.

그런데 그런 그를 한승희가 무슨 이유인지 원망 어린 눈길로 흘겨보았다.

식사를 마치고 백하연과 한승희는 나단과 함께 쇼핑을 가려 했는데, 서문엽은 여자들 쇼핑에 따라가는 게 못내 싫었다.

그때 모로 형제가 끼어들었다.

"그럼 저희와 함께 공방에 가보시면 어떻습니까?"

그제야 서문엽도 모로 형제가 준다던 선물이 생각났다.

"아, 그럴까?"

그렇게 서문엽은 모로 형제와 함께 공방으로 갔다.

모로 형제의 무기 공방은 클럽하우스 바로 옆에 붙어 있었다.

공방을 본 서문엽이 탄성을 터뜨렸다.

"이야, 여긴 여전하네?"

"와보신 적은 없지 않습니까?"

장 모로의 물음에 서문엽이 답했다.

"인터넷 사이트에서 사진은 봤지. 주문은 거의 온라인으로 했잖아."

아주 단골은 아니었지만 종종 이용한 고객이었다.

"그랬죠. 온라인으로 서문엽 씨의 주문을 받을 때마다 얼마나 안타까웠는지 모릅니다."

"사이트를 폐쇄하고 오프라인 장사만 할까 했지만 그럼 다른 공방을 이용하실 것 같아서 참았죠."

필립 모로까지 옛 추억을 되새기며 맞장구쳤다.

공방은 수많은 제련 기계가 가득한 공장 같은 풍경이었다.

의외로 수많은 장인들이 일하고 있었는데, 모로 형제가 들어왔어도 일을 멈추지 않았다.

모로 형제도 전혀 개의치 않고 이를 당연시 여겼다.

공방 장인들이 모로 형제도 함부로 대할 수 없는 귀한 대우를 받고 있음을 짐작케 했다.

"오, 좋은데?"

서문엽은 벽에 걸린 수많은 무기들 중 한 검을 손가락으로 튕겨보며 감탄했다.

많은 실전을 겪었기에 무엇이 좋은 무기고 나쁜 무기인지 한눈에 알아볼 수 있었다.

상대가 지저 괴물이다 보니 무기를 수없이 많이 부러뜨려 먹어봤던 탓이다.

어릴 땐 저질 무기를 썼다가 사정이 좋아질수록 고급품을 썼고 나중에는 최상품만 썼다.

모든 품질을 경험한 서문엽의 안목은 상당히 높은 편이었다.

"바로 알아보시는군요. 품질 죽이죠?"

장 모로가 자부심을 드러냈다. 필립 모로 역시 마찬가지였다.

"무기 사업을 접었을 때도 공방과 핵심 장인들은 끝까지 유지한 덕에 오늘날 세계 최고 품질의 배틀필드 장비를 보유할 수 있게 됐습니다."

"지저 전쟁이 끝난 후에 그냥 퇴직금을 나눠주고 공방을 폐쇄할까 고민했지만, 유지하길 잘했죠."

"그땐 그저 함께해 온 장인들을 평생 책임질 생각뿐이었는데, 결과적으로 전화위복이었어, 형."

형제의 대화를 듣고 서문엽은 감탄을 금치 못했다.

'정말 돈 냄새 잘 맡네.'

어째 하는 결정마다 다 성공적이니 말이다.

"자, 서문엽 씨를 위한 선물은 이쪽입니다."

모로 형제는 복도 끝에 있는 방으로 안내했다.

방 안, 테이블에 깔린 붉은 비단 위에 놓인 무기들.

팔뚝만 한 길이의 짧은 봉에 양쪽에는 창날이 달려 있었다.

한쪽엔 큼직한 날 하나.

다른 쪽엔 이중 날이 반쯤 접혀 있었다.

"오, 이게 내 창이야?"

"예, 한번 들어보시죠."

장 모로가 권했다.

필립 모로도 빙긋이 웃으며 기대 어린 표정이 되어 있다.

90㎝ 정도로 짧게 압축된 창 하나를 집어 든 서문엽이 물었다.

"이거 어떻게 펼치는 거야? 버튼이 안 보이는데?"

"오러에 반응하는 기계 장치가 내장되어 있습니다."

"오, 그래?"

오러를 주입해 보았다.

*　　　　*　　　　*

철컥! 철컥!

철컥거리는 기계음을 내며 창이 펼쳐졌다.

봉이 길게 펼쳐지며, 뒤쪽에도 접혀 있던 이중 날이 좌우로 펼쳐졌다.

삽시간에 서문엽이 쓰던 창과 똑같은 길이로 자란 창.

"우오!"

서문엽은 감탄했다.

SF 영화에 나올 법한 첨단 무기 같았다. 물론 변신 결과가 재래식 냉병기지만.

한 번 찌르기를 몇 번 해봤는데 무게와 균형감이 기존에 쓰던 것과 큰 차이가 없었다.

미세하게 다른 건 어쩔 수 없었다.

오히려 접이식으로 압축시켰는데 이 정도까지 균형을 똑같이 만든 게 신기했다.

"별 차이 없는데?"

"창을 던지실 때 미세한 컨트롤을 중시하시잖습니까. 균형은 최대한 동일하도록 신경 많이 썼죠."

"아무래도 접이식인 탓에 내구성이 살짝 떨어지긴 할 겁니다. 하지만 어차피 실제로 쓸 일은 없잖습니까? 가상 던전에서 똑같이 복제된 무기를 쓰지. 그래서 일회용으로는 충분할 정도의 내구성만 남겨놓고 편의성을 높였죠."

장 모로와 필립 모로가 번갈아가며 설명했다.

서문엽도 이에 동의했다.

지저 전쟁 시대도 아니고, 현실에서는 무기를 쓸 일이 없을 터였다.

원본만 접속 모듈에 갖고 들어가면 가상 던전에 복제품이 나오기 때문이다.

아무리 써도 원본은 닳지 않으니 관리만 잘하면 무한정 사용 가능했다.

모로 형제가 보여준 새로운 창은 무려 8자루나 있었다.

이 8자루를 모두 달 수 있는, 어깨에 메는 검은 가죽 띠도 함께였다.

짧게 압축되어 있으니 기존의 2배나 되는 창을 지닐 수 있게 된 것.

엄청나게 향상된 휴대성이 마음에 쏙 들었다.

"자선 경기에서 보여주셨던 신기의 창던지기를 무려 일곱 번이나 하실 수 있는 거죠."

"원 샷 원 킬이시니 7명을 죽이고 나머지는 들고 있는 창으로, 크으!"

모로 형제가 더 흥분한 것 같았다.

창에 담았던 오러를 다시 회수하자, 철컥거리며 다시 창이 90㎝ 길이로 접혔다.

"오러를 주입하지 않으면 자동으로 접히네?"

"그렇죠. 어차피 오러 없이 싸울 일은 없으니까요."

"다른 방식으로 하려면 메커니즘이 더 복잡해져서 창의 무게 균형을 해칠 수 있습니다."

만족스럽게 창을 만지작거리던 서문엽은 문득 미안한 얼굴로 물었다.

"나한테 선물하려고 이렇게까지 만든 거야? 이거 너무 미안한데."

선물 하나 주겠다고 이런 신제품을 개발하다니.

받는 입장에서는 미안해서 돈이라도 지불하고 싶을 정도였다.

장 모로와 필립 모로가 동시에 손을 저었다.

"그러실 것 없습니다. 물론 서문엽 씨를 위해 만든 것이지만, 서문엽 씨만 쓰는 건 아니니까요."

"한 손으로 쓰기 좋은 창은 수요가 많죠. 거기에 서문엽이 쓰는 것과 똑같은 창을 찾는 탱커나 근접 딜러도 상당수 있고요."

"잉?"

뜻밖의 반전에 서문엽은 멍해졌다.

역시나 모로 형제답다고나 할까.

호의를 베푸는 중에도 자신들의 이익을 빼놓지 않는다.

"한마디로 저희 공방이 서문엽 씨에게 협찬을 드리는 것이나 마찬가지입니다."

"의외로 큰 시장입니다. 배틀필드 선수 외에는 이런 무기를 안 살 거라고 생각하시죠? 근데 레플리카를 구매하는 팬이나 수집가도 엄청 많습니다. 저희 공방의 수제품을 거금에 사는 부자 수집가도 있죠."

무기 수집은 남자의 욕망을 자극하는 취미 중 하나였다.

날카로운 날만 없어서 살상력을 줄인 채 팔면 날개 돋친 듯이 팔려 나간다고 한다.

그래서 인기 있는 선수들은 자신만의 전용 무기를 따로 디자인해 사용한다.

보편적인 무기를 사용하면 레플리카를 팔 수 없기 때문.

그렇다면 7영웅 리더 서문엽의 창 레플리카는?

"그럼 내가 고마워할 필요가 없잖아!"

서문엽이 버럭 소리쳤다.

"물론이죠."

"그래서 저희가 협찬 비용을 견적 내봤습니다."

형제가 계약서를 내밀었다.

슥 훑어보니, 요약하자면 1년에 100만 유로씩 5년 계약이었다.

옵션이 특이했다.

공식·비공식 배틀필드 경기 출전해서 사용할 시 300만 유로.

서문엽은 할 말을 잃었다.

'이것들이 기술적으로 날 끌어들이려 하네.'

1. 배틀필드 하세요.

2. 이왕 할 거면 우리 팀에서.

의도가 뻔한데, 또 거절할 이유도 없다는 점에서 치밀하기 그지없는 유혹이었다.

왕년에 전쟁에 참여했다가 지금은 조용히 사는 나이 든 초인들도 자기 무기를 애지중지 보관하는 습성이 있었다.

하물며 얼마 전까지 전쟁의 최전선에서 활약했던 서문엽은 이 신무기들이 갖고 싶었다.

"그래, 좋다. 돈 주고 선물 주는데 안 할 이유가 없지."

서문엽은 계약서에 사인을 했다.

모로 형제는 씨익 웃으며 서로를 바라봤다.

'그리고 갖고 있다 보면 쓰고 싶어지지.'

'맞아, 형. 괜히 아마추어 리그가 있는 게 아니잖아.'

눈빛만으로도 대화가 통하는 징그러운 형제.

문어 형제의 꿍꿍이가 척척 진행되고 있었다.

그리고 두 번째 계획이 시작되었다.

"계약서는 잘 읽어보셨죠?"

"그래."

"그럼 계약서 조항에 무기를 버리지 않고 보관할 것, 이라는 의무도 기억하시죠?"

"당연하잖아. 무기를 당연히 보관해야지 왜 버려?"

서문엽은 왜 당연한 걸 묻느냐는 투로 말했다.

장 모로가 말했다.

"사소한 문제가 하나 있으니까요."

"사소한 문제?"

서문엽은 불길함을 느꼈다.

설마 문어들의 꿍꿍이가 아직 더 남았나 싶었다.

"무기는 배틀필드 선수만 신고하에 소지할 수 있는 것 아시죠?"

"몰라, 나 면책권 있어서 상관없어."

"세관 통과가 안 됩니다."

즉, 한국에 가져갈 수가 없다는 뜻이었다.

"뭐? 그럼 어쩌라고?"

세관 검사를 무력으로 강행 돌파하는 방법이 있긴 했다.

그런데 아무리 면책권이 있다 해도 그건 지나치게 미친 짓거리였다. 서문엽도 그렇게까지 하고 싶진 않았다.

"간단한 방법이 있습니다."

"너무 간단하지, 형."

"…뭔데?"

"협회에 선수 등록을 하면 됩니다."

"뭐 인마?"

서문엽은 싸우자는 표정이 되었다.

"자국의 협회에 등록하는 방법이 있고."

"세계 협회에 다이렉트로 등록하는 방법이 있죠."

"참고로 어느 나라 협회든 상관없이 세계 협회에 선수 등록을 할 수 있습니다."

"즉, 프랑스에서 선수 등록을 하시고 무기를 반입하시면 세관 통과가 됩니다."

"이미 아바타 등록도 되었으니 대리인이 신고해도 됩니다. 말씀만 하시면 바로 직원을 협회로 보내겠습니다."

형제는 대본을 미리 본 것처럼 척척 말했다.

서문엽은 이 문어 형제가 또 자신을 한 발자국 더 꾀어내고 있다는 걸 깨달았다.

"이 자식들아! 처음부터 이럴 의도였지?"

"저희 의도야 뭐, 새삼스럽게."

"모르셨던 것도 아니잖습니까. 알고도 넘어가게 하는 게 협상이죠."

어깨를 으쓱하는 제스처까지 둘이 판박이라 코미디 쇼 같았다.

웃기게 생긴 주제에 참 똑똑한 놈들이었다.

"그건 싫은데……."

다른 방법이 없나 골몰하는 서문엽에게 모로 형제가 꾀었다.

"협회에 등록한다고 어떤 의무나 제한이 생기는 것도 아니잖습니까."

"오히려 뛰고 싶을 때 경기에 출전할 수 있으니 선택권이 늘어난 거죠. 어느 부분을 봐도 서문엽 씨에게 손해인 부분이 없습니다."

"설마 저희가 서문엽 씨에게 피해를 입히겠습니까?"

"저희는 서문엽 씨의 유품 경매에서 쓰시다 귀찮아서 사흘 만에 관두신 일기장도 구매했어요."

"공부는 안 하고 낙서만 한 초등학교 교과서도 있죠."

"…직원이나 불러, 이 징그러운 새끼들아."

배틀필드 장비 스폰서십 계약.

협회에 선수 등록.

이쯤 되면 이미 프로 선수였다.

하루아침에 이루어진 일이니, 모로 형제의 유혹이 얼마나 치밀했는지 알 수 있었다.

손해는커녕 이익만 봤지만 속은 기분이 든 서문엽이었다.

모로 공방은 배틀필드 용품만 제작하는 게 아니었다.

모로 공방에서 개발한 제품을 한정 생산하여 판매하는 주방 용품 브랜드 JP모로라는 사업체를 보유하고 있었다.

거기서 생산된 한정품은 셰프들이 가장 가지고 싶어 하는 최고급품이라고 한다.

뿐만 아니라 요즘은 테니스 라켓, 배드민턴 라켓도 개발 중으로 점점 사업을 넓혀가는 중이라고 한다.

'돈벌이가 무궁무진하네, 이 문어들.'

모로 형제가 보통이 아닌 것만은 확실했다.

*　　　*　　　*

신나게 쇼핑하고 돌아온 백하연과 한승희는 어쩐지 기운이 빠져 있는 서문엽을 보며 의아해했다.

"삼촌, 무슨 일이야?"

"선물 받았어."

"그게 그렇게 시무룩할 일이야?"

"협찬 계약도 했어."

"엥? 얼마짜리?"

"100만 유로."

"으아 부럽다!"

"근데 경기 뛰면 300만 유로."

"진짜? 한 경기라도 뛰면?"

서문엽은 힘없이 고개를 끄덕였다.

"아으, 부러운 일투성이네. 대체 왜 시무룩한 거야!"

"선수 등록을 했어……."

"선수 등록? 아, 무기 소지하려면 필요하구나."

백하연은 그제야 자초지종을 이해하고는 풉 웃었다.

"삼촌 완전 프로 선수 다 됐네."

"문어 놈들한테 말린 게 기분 나빠."

그러자 필립 모로가 농담을 건넸다.

"클럽 입단 계약서도 쓰실래요?"

"신무기에 당해볼 테냐?"

필립 모로는 고블린처럼 낄낄거리며 달아났다.

백하연은 빙긋 웃으며 말했다.

"삼촌도 우리 팀에 들어왔으면 좋겠다."

"왜?"

"삼촌이랑 같이 호흡 맞춰보고 싶어. 옛날에 아빠랑 그랬던 것처럼."

"옛날이라……."

서문엽은 피식 웃었다.

최후의 던전에서 함께 싸운 게 서문엽에게는 불과 반년밖에 지나지 않았다.

하지만 이제 서문엽에게도 그 일이 옛날 일인 것처럼 느껴졌다.

그도 어느새 2022년이라는 시간대에 적응했다는 뜻이리라.

그런데 그때였다.

"새 무기를 얻으셨다면서요?"

문득 나단이 특유의 천진난만한 얼굴로 물었다.

"어."

"그럼 한 번 테스트해 보고 싶진 않으세요?"

"테스트?"

"내일 오전에 모의 전투 훈련이 있는데 거기 참가해 보시면 어때요?"

"지금 휴식기 아냐?"

"슬슬 다음 시즌이 다가오니까 전투 감각을 유지하기 위해서 일주일에 두 번씩은 하거든요. 서문도 참가하면 재미있을 것 같아요."

재미있을 것 같다.

그 말이 서문엽에게는 너와 한번 겨뤄보고 싶다는 말로 들렸다.

서문엽은 나단의 눈빛 속에 숨겨진 호승심을 감지했다.

"재미있겠네."

서문엽도 히죽 웃었다.

나단도 웃어 보였다.

"그럼 감독님께 말씀드려 놓을게요. 아마 허락하실 거예요."

백하연이 무슨 이야기를 나눴냐고 묻자, 서문엽이 설명해 주었다.

"그럼 삼촌 나단이랑 한판 붙을 수도 있는 거야?"

"응, 쟤 나랑 붙고 싶나 봐."

"삼촌 자신 있어?"

"자신 없을 건 또 뭐야?"

대수롭지 않게 대꾸했지만 서문엽은 눈빛이 맹렬하게 빛나고 있었다.

현대 스포츠 과학이 집대성된 배틀필드의 최강자 실력은 어느 정도일까?

새로운 무기 성능도 확인해 볼 겸, 좋은 기회였다.

'그러고 보니 너무 오래 쉬었는데. 갑자기 실력 발휘가 되려나 모르겠네.'

제럴드 워커 이후로 누군가와 대련해 본 적이 없었다.

망신당하기는 싫으니 오늘 밤은 간단한 훈련이라도 해야 할 듯싶었다.

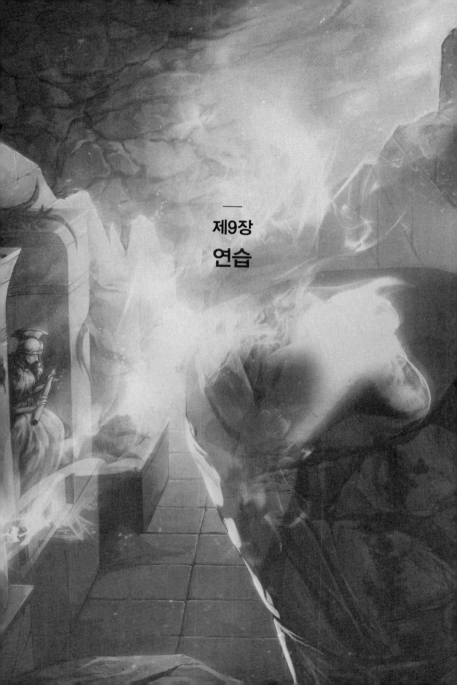

제9장

연습

다음 날.

클럽하우스 주차장에 슈퍼 카들이 하나둘씩 늘어났다.

"이제 휴가도 얼마 안 남았네."

"뭘 해야 남은 휴가를 잘 보냈다는 소리를 들을까?"

"포기해. 이제 놀 때가 아냐."

휴가를 즐기던 선수들이 하나둘 모의 전투 훈련에 참가하러 모여든 것이다.

모의 전투 훈련은 11 대 11 집단전을 치르는 훈련이었다.

던전에서의 사냥과 견제, 운영 등을 제외하고, 그냥 짧고 굵게 한 타 싸움을 치르는 간단한 훈련이다.

이는 오랫동안 쉰 선수들이 실전 감각을 유지하도록 하는 것뿐, 평가에 반영되는 등의 특별한 의미는 없었다.

만약 평가가 반영된다면 선수들도 이를 철저히 준비하느라 휴가를 즐기지 못한다.

그러므로 아무 의미도 두지 않는다는 약속하에 동의를 얻은 훈련인 것이다.

하지만 물론 모든 선수가 편한 마음으로 이 훈련에 임하는 건 아니었다.

"후우, 다 죽었어!"

백하연은 각오가 남달랐다.

신참으로서 실력을 보여주지 않으면 동료들에게 인정받지 못한다는 강박이 있었던 까닭이다.

서문엽은 그런 그녀의 등을 툭툭 쳤다.

"눈깔에 힘 풀자, 하연아. 혼자 투지 넘치면 촌스러워 보여."

"엑, 진짜?"

"그래, 제호 던전 처음 간 날 같아."

"흐흐, 뭐야, 그게! 완전 상상 가잖아."

"봐봐, 다들 여유 넘치잖니."

최고급 소파와 100인치짜리 TV가 설치된 휴게실.

각양각색의 선수들이 TV를 보거나 서로 잡담을 했다.

휴게실 한쪽에 설치된 바에서 음료를 주문하는 선수도 있었다.

하지만 그것도 잠시.

서문엽과 백하연이 나타나자 휴게실의 공기가 바뀌었다.

"서문엽이다."

"오우, 저게 누구야."

"파리에 와 있다고 들었는데 정말 여기에 있네."

"저 사람이 지상 최강의 생명체라지?"

"불사신이니 이제 이견의 여지가 없지."

"구단주들이 기어코 저 사람을 여기에 불러냈네. 그렇게 서
문엽, 서문엽 노래를 부르더니."

서문엽에게 모든 시선이 쏟아진다.

세계 최고의 선수들만 모인 이곳에서도 서문엽은 모두의
주목과 존경의 대상이었다.

그런 삼촌의 위엄 덕에 백하연은 조금 기운이 났다.

'그래, 난 아빠가 백제호고 삼촌이 서문엽이야. 나처럼 축복
받은 선수가 어디 있겠어?'

배틀필드 변방 출신이라는 게 조금 위축됐었지만, 이내 자
신감을 되찾았다.

"헤이, 서문!"

그때 거구의 흑인이 벌떡 일어나 서문엽에게 성큼성큼 다가
왔다.

인상이 무척 험악해서 시비 거는 줄 알고 백하연은 움찔

했다.

물론 쫄 리가 없는 서문엽은 태연한 얼굴로 물었다.

"왜 인마?"

"난 메인 탱커 치치 루카스다."

치치 루카스.

이탈리아 선수로 파리 뤼미에르 BC의 대들보라 불리는 메인 탱커였다.

"근데?"

치치 루카스는 자신의 가슴팍을 툭툭 쳤다.

그 의미를 알 리 없는 서문엽은 고릴라식의 시비 걸기인가 싶었다.

그런데.

"여기에 사인 좀."

"…펜 가져와."

잠시 후 사인펜을 받은 서문엽이 치치 루카스의 상의에 사인을 해주었다.

"내 조카야. 잘 부탁한다."

"오케이."

치치 루카스는 백하연을 보며 씨익 웃어 보였다.

웃는 얼굴도 무서웠지만 잘 보면 좀 순박해 보이기도 했다.

들어보니 치치 루카스는 나이가 이제 겨우 26세였다.

치치 루카스는 순박해서 금방 서문엽에게 이것저것 말을 붙이며 친해졌다.

그 와중에 서문엽은 통역을 해주며 백하연을 계속 대화에 끼게 했다.

치치 루카스는 메인 탱커인 현재, 포지션이나 능력치나 파리 뤼미에르 BC의 중심이었다.

팀의 에이스가 나단이라면, 팀의 중심은 치치가 분명했다.

왜냐하면.

—대상: **치치 루카스**(인간)

—근력 90/90

—민첩성 93/93

—속도 91/97

—지구력 100/100

—정신력 89/95

—기술 86/91

—오러 82/82

—초능력: 재생, 저항, 녹색 축복

—재생: 상처를 재생한다.

—저항: 모든 질병, 저주에 저항한다.

—녹색 축복: 식물의 성장 및 생존력을 키워준다.

어딜 가도 에이스로 통할 능력치였다.

서문엽이 볼 땐 마케팅에서 밀렸을 뿐, 톱3이나 제럴드 워커 같은 녀석들과 비교해도 밀리지 않을 기량으로 보였다.

근력·지구력이 90·100.

민첩성·속도가 93·91.

특히 속도는 더 키우면 오히려 나단의 95보다 더 빨라질 수 있었다.

탱커가 아니라 근접 딜러를 했어도 잘했을 능력치였다.

'물론 초능력은 전부 탱커에 특화됐군. 근데 녹색 축복은 뭐지?'

독특한 초능력이었다.

서문엽은 치치 루카스에게 물었다.

"혹시 식물 좋아해?"

그러자 치치의 눈빛이 변했다.

"당연하지! 나무는 지구의 심폐야! 당신도 좋아해?"

"뭐, 자연을 싫어할 리 있나."

"역시! 당신은 좋은 사람일 줄 알았어. 물론 그러니까 인류를 구했겠지!"

치치는 어릴 적부터 나무를 심어서 지금은 숲을 가꾼 일을 자랑했다.

인근 땅을 사들여서 계속 나무를 심어 숲은 나날이 확장 중이라고 한다.

숲이 생기자 동물들도 정착했고, 덕분에 생태계가 조성되어 사람들도 좋아한다고 한다.

"멋진 일이네. 착하다."

통역으로 들은 백하연이 칭찬을 했다.

그걸 전해주니 치치도 좋아했다. 두 사람은 이제 친하게 지낼 것 같았다.

서문엽도 고개를 끄덕였다.

"옛날에 다큐멘터리로 본 적 있지. 사막에 나무를 심어서 숲을 만든 여자 이야기였는데."

그 말에 치치는 감격에 부르르 떨었다.

"그런 아름다운 일을 했단 말이야? 사막! 그래, 난 왜 그런 생각을 못 했지?! 그냥 평범한 땅에서 숲을 만드는 건 아무나 할 수 있는 일인데."

'아무나 못 해, 인마.'

"은퇴하면 나도 숲을 만들어 사막을 정복하는 일을 하겠어!"

"그래, 잘할 수 있을 거다."

"제길, 난 왜 이런 데 도움되는 초능력이 없을까?"

"잉? 있지 않아?"

의외의 말에 서문엽은 놀라 되물었다.

"없어! 싸우기 좋은 초능력밖에 없어!"

한탄하는 치치 루카스.

서문엽은 분석안으로 녹색 축복이라는 초능력이 있는 걸 봤는데, 치치 루카스 본인은 그걸 모르는 모양이었다.

"있을 텐데?"

"없다니까?"

"어릴 때부터 나무 심는 일을 반복했다며?"

"응, 초인 각성하기 전부터 해왔어."

"그렇게 진심을 담아 평생 반복해 왔는데 그쪽 관련 초능력이 없는 게 더 이상한데."

"아직 내 정성이 부족하기 때문이지. 제길, 사막에 나무를 심는 사람도 있었는데 난!"

"자자, 그러지 말고 실험을 한번 해보자."

"실험?"

"내가 보기에는 네가 아직 초능력이 있는 걸 자각 못 한 걸 수도 있다고 생각해."

서문엽은 휴게실에 있는 커다란 대나무야자 화분을 가리켰다.

"저기다가 오러를 움직이면서 식물의 생장을 기원하는 거야. 한번 해봐."

"으음, 알았어!"

순박한 치치는 곧잘 시키는 대로 따랐다.

대나무야자를 향해 두 손을 뻗고 눈을 감아 집중하는 치치의 모습은 다른 선수들의 주목을 샀다.

"쟤 뭐 해?"

"몰라, 뭔가를 해보려나 봐."

"식물을 잘 키우는 초능력이라도 생기게 해달라고 기원하나?"

그런데 그때, 치치가 눈을 번쩍 뜨며 고함을 질렀다.

"어어!"

"어때, 효과가 있어?"

서문엽이 묻자, 치치는 고개를 끄덕였다.

"오러가 소모됐어!"

오러가 소모되었다는 것은 초능력이 발동되었다는 뜻이었다.

이제야 자신의 초능력 녹색 축복을 깨달은 것이다.

"서문! 고마워. 덕분에 내 초능력을 알게 됐어!"

"별말을. 대신 우리 조카나 잘 돌봐줘."

"미안! 그러고 싶지만 난 할 일이 생겼어."

"응?"

"이러고 있을 때가 아니야. 은퇴하고 사막에 가겠어!"

선수들이 모두 모인 휴게실.

그 한복판에서 치치가 폭탄선언을 했다.

"뭐, 뭐?"

"은퇴?"

"저 바보가 뭐래는 거야!"

"어이, 치치!"

선수들이 달려와 치치를 말리기 시작했다. 서문엽의 예상대로 치치는 팀의 중심이었던 것이다.

치치는 굴하지 않고 은퇴하겠다며 떠들어댔다.

바보 주제에 한번 결심한 일은 번복하지 않는 뚝심을 지녔다.

그러니까 어릴 때부터 꾸준히 나무를 심었겠지만 말이다.

골치가 아파진 서문엽은 치치를 불러다가 말했다.

"인마, 네가 하려는 일에는 돈이 엄청 들어. 그러니까 일단은 선수 생활을 계속해서 돈을 벌어야지."

"…그런가?"

"사막에 물이 있어, 묘목이 있어, 도와줄 사람이 있어? 그게 전부 돈이야. 선수 생활 할 수 있을 때 돈을 왕창 벌어놓고 나중에 시도해야 효율이 좋잖아. 지금 은퇴하고 달려가겠다는 건 네 자기만족일 뿐이지 진정 자연을 위한 일이 아니야."

"그건 그런 것 같네."

간신히 치치의 은퇴를 뒤로 미뤘다.

대신 '돈이 필요해, 돈' 하며 중얼거리는 걸 보니 이젠 돈벌이에 집중할 듯했다.

"휴. 깜짝 놀랐어, 삼촌. 내가 오자마자 팀 핵심 선수가 사라질 뻔했잖아."

"너 쟤랑 친하게 지내야 해."

"또 그런다, 또. 극성이야, 정말. 내가 전학 온 초딩인 줄 알아?"

"딜러의 가장 큰 조력자가 누구겠어?"

"탱커?"

"그렇지. 삼촌이 볼 때 말이다, 이 팀은 나단은 대체해도 쟤는 대체 못 해."

"그 정도야?"

"응, 쟤 체격 봐라. 단단한데 호리호리하잖아. 발도 무지 빠를 것 같은데, 클래식한 탱커보다는 삼촌처럼 활발하게 전장을 누빌 타입이야."

"잘 아네? 이탈리아의 수호신이잖아. 치치 루카스."

"그래, 하여간 쟤랑 단짝 친구 돼야 한다. 관상용 식물 화분 하나 선물해 주든가 해."

"흐음, 그렇게까지 말한다면 나도 처세술 좀 해볼까."

백하연은 대나무야자를 어루만지며 즐거워하는 치치를 인맥 타깃으로 삼게 되었다.

"흐음, 그나저나 나도 쟤처럼 뭐 보람찬 일이나 하나 할까?"

"그럼 나랑 여기서 선수 하자."

"아니, 자연 보호처럼 지구에 도움이 될 만한 거 말이야."

"지구 한 번 구했으면 됐지 뭘 또? 나랑 선수 생활하면서 쉴 땐 드라마 보고, 딱 좋지 않아?"

"음, 그것도 나쁠 것 같지는 않다고 느껴지는 걸 보면 문어 놈들의 유혹 때문인가 싶기도 하고."

이곳에서 선수 생활을 하면 이 걱정되는 돌머리 조카를 곁에서 돌봐줄 수가 있다는 점이 컸다.

"삼촌! 하자, 같이 하자!"

백하연이 마구 졸랐다.

하지만 서문엽은 이내 딴생각을 하기 시작했다.

"그보다 소말리아에서 해적들을 학살하며 여생을 보내는 건 어떨까? 바다 정화잖아."

"뭐야, 그게!"

"아니면 아프리카에서 밀렵꾼들을 사냥할까."

"왜 자꾸 발상이 사람을 죽이는 쪽인 거야?"

"폭력이 더 재미있잖니."

그런 서문엽의 대답에 백하연은 어이가 없어서 할 말을 잃었다.

아무리 봐도 배틀필드를 해야 할 사람으로 보였다.

그때였다.

"Bonjour les gars!"

휴게실에 세 사람이 들어왔다.

둘은 모로 형제.

그리고 우렁찬 목소리로 활기차게 인사를 건넨 덩치 크고 아마색 머리의 백인 사내는 아마도 60대 초중반 정도의 초인으로 보였다.

선수들이 모두 자리에서 일어섰다.

분위기를 보니 감독 같았다.

감독으로 보이는 사내가 서문엽을 바라보았다.

*　　　*　　　*

"서문엽!"

사내가 두 팔을 활짝 펼치며 반갑게 소리쳤다.

서문엽은 분석안으로 확인해 본 뒤에 입을 열었다.

"고핀 감독?"

"오, 날 아시오?"

"그 정도는 알아야죠."

물론 몰랐다. 관심도 없고. 분석안으로 이름을 알았을 뿐이었다.

"나단에게 이야기는 들었소. 오늘 훈련은 아주 흥미진진하겠군."

"양해해 주셔서 감사합니다."

조카 때문에 예의 바른 서문엽.

고핀 감독은 껄껄 웃었다.

"뭘, 우리야말로 감사한 일이지. 그 멋진 실력을 보여주어서 우리 선수들에게 새로운 자극을 주시오."

"걱정 마십시오."

'아주 본때를 보여줄 생각이니까.'

서문엽은 근질거리는 몸을 주체할 수 없었다.

소파에 누워 배를 긁적이며 드라마를 보던 게으른 서문엽이 아니었다.

신무기도 받고 강자의 도전도 받아서 승부욕을 자극받은 서문엽이었다.

이 세상에서 승부욕 없이 최고가 된 사람은 없다.

서문엽도 그런 남자였다.

휴게실 한쪽에서 조용히 있던 나단도 눈을 빛냈다.

감독의 허락도 떨어졌고, 구단주 모로 형제야 서문엽의 활약을 보고 싶어서 안달 난 광팬들.

이제 승부만 남았다.

제럴드 워커조차 일대일로 이긴 서문엽과 겨뤄볼 기회였다.

"엄밀히 말해 오늘 훈련은 훈련이라기보다는 일종의 놀이라고 봐야 하오. 그래서 팀을 가르는 방식도 재미있지."

고핀 감독은 팀 선정 방식을 설명해 주었다.

요컨대, 나단과 치치가 가위바위보를 해서 자기 팀원을 한 명씩 데려오는 방식이었다.

나단 베르나흐와 치치 루카스가 한 편이 되면 상대 팀이 너무 불리해지기 때문에 어찌 보면 공정한 방식이라 할 수 있었다.

"그런데 이제 미스터 서문이 있으니, 나단과 서문이 팀을 가르시오."

"좋죠."

서문엽은 쾌히 승낙했다.

그리하여 나단과 가위바위보를 시작했다.

첫판에서 이긴 서문엽은 냉큼 치치를 데려갔다.

"윽."

나단이 장난스럽게 울상을 지었다.

하지만 이내 제럴드 워커에 비견되는 근력과 지구력을 지닌 엄청난 흑인 탱커 잭 존스를 지명했다.

속도가 50대로 낮은 편인 걸 보니 튼튼하고 이동 속도가 느린 클래식 탱커였다.

'왜 강팀인지 알겠군.'

뚝심 있는 클래식 탱커 잭 존스와 탱커답지 않게 발이 매우 빠른 치치 루카스를 둘 다 보유했다.

잠깐 생각해 봐도 이 둘을 활용할 수 있는 전술 패턴이 많이 떠올랐다.

여기에 나단까지 있는 팀?

'내가 감독이었으면 백전백승하고 다녔다.'

선수들 면면만 봐도 전술적 영감이 많이 떠오르는 서문엽이었다.

이 선수들로 7영웅을 꾸렸어도 충분했을 법했다.

물론 자신과 슈란은 꼭 포함된다는 가정하에 말이다.

'이런 선수가 많은 걸 보니, 확실히 초인들의 수준이 17년 전보다 높아졌어.'

바닥을 기고 있는 한국에 있어서 잘 체감 못 했던 사실이었다.

확실히 세계적인 추세로 보면, 배틀필드가 초인들의 수준을 높이고 있었다.

계속해서 팀원을 뽑았고, 서문엽은 분석안으로 능력치를 봐가며 적당히 뽑다가 중간 정도쯤에 백하연을 지명했다.

혹여나 다른 팀으로 갈까 봐 조마조마했던 백하연은 안도한 표정이었다.

팀이 다 갈리자, 고핀 감독은 놀란 얼굴로 서문엽에게 다가와 물었다.

"정말 대단하군. 어떻게 팀원을 이렇게 적절하게 잘 뽑은 거요? 당신이 뽑은 대로 팀을 구성해 더블 스쿼드로 운영해도 되겠어."

"선수들에 대해서는 어느 정도 공부해 뒀으니까요."

"흐음, 글쎄. 우리 팀에 대해 전혀 관심 없었다던데?"

"누가? 저 문어들이요?"

"으하하, 그래. 저기 뒤에 계시는 구단주분들 말이오."

문어라는 말에 고핀 감독은 푸하하 폭소를 터뜨렸다.

이 업계에서 모로 형제를 그렇게 함부로 부를 수 있는 사람은 아마 서문엽밖에 없을 터였다.

"아무튼 이 정도로 우리 팀에 관심을 가지고 있다니 그것만으로도 참 기쁜 일이오."

은근슬쩍 파리 뤼미에르 BC에 입단하라고 권하는 고핀이었다.

대답도 귀찮아진 서문엽은 웃음으로 얼버무렸다.

"자, 무장을 하고서 시뮬레이션 룸으로 집합한다!"

"옛!"

서문엽은 선수들과 함께 라커 룸으로 향했다.

"자, 배틀 슈트와 갑옷은 이걸 입으시면 됩니다."

클럽 직원들이 장비를 가져와 주었다.

입어보니 몸에 딱 맞았다.

파란색 흉갑 한복판에 떡하니 쓰인 'PLB'라는 팀 약자가 눈에 거슬렸다.

이러니까 마치…….

"이야! 잘 어울리십니다! 벌써 파리 뤼미에르의 선수가 된 것 같아요!"

"형, 이런 건 사진으로 남겨놔야겠지?"

불쑥 나타난 모로 형제.

그중 동생 필립 모로가 핸드폰 카메라로 그런 서문엽의 모습을 찍었다.

찰칵!

"이 자식들……!"

목적했던 사진을 손에 넣은 문어 형제는 쏜살같이 달아났다.

"아오, 저 문어들을!"

서문엽이 버럭 소리 지르자 함께 무장을 하던 선수들이 웃었다.

나단의 팀은 흰색 갑옷을 입고 있었다.

준비를 마치고 함께 시뮬레이션 룸으로 갔다.

접속 모듈 수십 대가 설치되어 있었고, 대형 스크린에 온갖 분석 프로그램이 실행되어 있었다.

'저게 뭐지?'

언뜻 보기에는 선수들의 움직임이나 던전 구조 등을 정밀 분석하여 통계치를 내놓는 프로그램 같았다.

하지만 YSM에서는 구경도 못 해본 것이라 서문엽은 신기함을 느꼈다.

그는 고핀 감독에게 물었다.

"저게 무슨 프로그램이에요?"

"보다시피 배틀필드 경기 분석 프로그램이오."

"여기서 만든 겁니까?"

"하하, 설마. 유명한 프로그램이오. 소프트웨어뿐만이 아니라 특수 장비도 설치해야 하는데, 가격이 워낙 비싸서 하위 리그 구단은 손에 넣기 힘들긴 하지."

"얼마나 하는데요?"

"대충 넉넉잡고 200만 유로쯤 할 걸세."

"비싸네."

"하하, 저 프로그램을 잘 다룰 수 있는 코치의 몸값도 비싸지."

그때 마침 백하연이 다가와 말했다.

"삼촌, 분석 툴 얘기하는 거야?"

"너도 아는 거니?"

"응, 1부 리그에서도 도입했어. 우리나라에서는 제대로 다룰 수 있는 사람이 없어서 외국 코치까지 영입해 와서 돌리고 있어."

"흐음……."

서문엽은 저것이 꽤나 탐났다.

저런 객관적인 통계 도구가 있다면 정신론 좋아하는 얼빠진 최동준 감독도 더 성장할 수 있지 않을까 싶었다.

무엇보다도 선진적이지 않은가!

강팀들은 다 있다는 저런 것 하나 없이 주먹구구식으로 운영하는 게 뒤처진 것 같아서 싫었다.

'아하!'

문득 잔꾀가 떠올랐다.

서문엽은 고핀 감독에게 질문했다.

"혹시 제가 이 훈련에 참가하면 저에 대한 분석 데이터도 이곳에 남겠군요?"

그 질문에 고핀 감독은 흠칫했다.

"그렇소."

"전 그게 싫은데, 제 데이터는 남지 않도록 할 수 있습니까?"

"그게… 경기 데이터가 전부 자동 저장 되고, 삭제한다 해도 솔직히 경기 영상을 돌려서 분석하면 통계치를 다시 뽑을 수 있소. 그렇다고 미스터 서문 한 사람 때문에 경기 영상까지 폐기할 수는 없잖소?"

"어허, 이거 곤란하네. 난 내 프라이버시를 몹시 중요하게 여기는데."

서문엽이 너스레를 떨었다.

유서와 앨범, 일기장 사본까지 전부 박물관에 전시된 사람답지 않은 소리였다.

그때 대화를 듣고 있던 모로 형제가 끼어들었다.

"원하시는 게 있지요?"

"분석 프로그램을 원하는 것 같은데, 형."

"뭐, 그걸 선물해 준다면 내 데이터를 갖는 건 용인해 줄 수 있지."

서문엽도 목적을 드러냈다.

장 모로는 고개를 끄덕였다.

"좋습니다. 까짓것 선물로 드리죠."

200만 유로나 하는 물건인데도 통 큰 결정이었다.

"서문엽 선수의 영상을 보존할 수 있다면 그 정도 가격쯤이야."

필립 모로도 격하게 동의한다. 광팬들다웠다.

"그걸 다룰 줄 아는 사람도 좀 소개시켜 줄래?"

서문엽은 살짝 뻔뻔하게 요구를 추가했다.

"소개시켜 드리죠."

주먹을 불끈 쥐고 좋아하는 서문엽.

그렇게 합의가 끝나자 본격적으로 훈련이 시작되었다.

접속 모듈에 들어가 던전에 접속했다.

이윽고 나타난 던전은 넓은 동굴 공터였는데, 22명의 선수가 모조리 집결되어 있었다.

한 타 싸움 훈련 전용으로 제작한 던전인 듯했다.

―자, 일단 포메이션을 상의할 시간을 60초 준다. 10초부터 카운트다운을 해서 끝나면 바로 전투 개시다.

고핀 감독의 목소리가 울려 퍼졌다.

나단 팀이 즉시 모여 상의를 하기 시작했다.

서문엽도 선수를 불러 모았다.

"치치, 메인 탱커는 원래 너지?"

"응."

"그럼 네가 메인 탱커를 하고."

서문엽은 선수들을 둘러보다가 미리 봐둔 탱커 하나를 지목했다.

저쪽 팀의 잭 존스만큼은 아니지만 역시나 상당히 튼튼한 클래식 탱커였다.

"네가 최전방 탱커."

"어?"

보통은 최전방에 서는 탱커가 메인 탱커다.

왜냐하면 딜러들은 아군 탱커 뒤에서 보호받으며 싸우기 때문이다.

탱커의 위치에 따라 딜러들의 위치까지 변하니, 자연히 최전방 탱커가 메인일 수밖에.

하지만 서문엽은 최전방 탱커와 메인 탱커를 분리했다.

그게 속도 91/97짜리 탱커 치치 루카스를 활용하는 방법이라 생각했기 때문이다.

"최전방 탱커를 중심으로 치치가 활발하게 움직이면서 전황에 따라 포메이션을 변환하는 거야."

튼튼한 애가 앞에서 적 공격을 받고, 치치가 딜러진을 이끌며 유동적으로 대형을 변화시키는 것.

이를 설명하자 치치가 신기해하며 물었다.

"정말 우리 경기를 많이 봤나 보네."

"응? 그건 왜?"

"그게 우리 팀 한 타 싸움 포메이션이잖아. 알고 지시한 거 아냐?"

"그래? 뭐, 그렇다 치자."

서문엽에 대한 선수들의 신뢰도가 커졌다.

자신들에 관해 잘 알고 있으니, 믿고 같이 싸워도 될 것 같다고 판단한 모양이었다.

"난 그냥 없는 셈 쳐. 난 나단을 마크할게."

"오!"

"맞대결이군!"

"휴, 저 대결 구경하느라 싸우다 한눈팔 것 같아."

선수들도 몹시 기대하는 눈치였다.

―5.

―4.

―3.

―2.

―1.

―시작!

카운트다운이 떨어졌다.

양측이 일제히 서로에게 달려들기 시작했다.

살짝 옆으로 나온 서문엽은 역시나 무리에서 빠져 있는 나단을 발견했다.

쌍도를 각기 양손에 든 나단.

'쌍도라. 다루기 어려운 무기인데.'

하지만 쌍도를 잘 쓰는 적을 상대하기도 어렵다.

다만 서문엽은 견문이 많아 얼추 쌍도에 대해 알고 있었다.

보통 주로 쓰는 오른손의 비중이 높고 왼손의 도는 보조적이다.

그리고 사람은 두 가지 각기 다른 패턴의 행동을 동시에 할 수 없기 때문에, 두 자루의 도는 일정한 규칙과 의도를 갖고 휘둘러진다.

그것만 파악하면 대처하기 어렵지 않을 터였다.

철컥!

오러를 주입하자 창이 순식간에 펼쳐졌다.

역시나 느낌이 좋은 신무기였다.

"와 봐, 인마."

＊　　　　　＊　　　　　＊

"근데 서문엽 말입니다."

고핀 감독이 입을 열었다.

"나단이 양손잡이라는 것을 알까요?"

"굳이 알아보지 않은 이상은 모르겠지요."

장 모로가 말했다.

필립 모로도 고개를 끄덕였다.

"모를 거야, 형. 따로 알아봤을 리가 없어."

고펀 감독은 쓴웃음을 지었다.

"그럼 처음 상대하면 힘들 텐데요. 나단의 쌍도는 두 자루의 비중이 멋대로 바뀌어서 규칙성을 파악했다고 생각했다가 순식간에 목이 달아나요."

서문엽의 스타일은 대체로 보편적인 편이었다.

하지만 나단은 누구도 흉내 내기 어려운 매우 희귀한 스타일이었다.

둘 중 서문엽이 더 불리한 출발선에 선 것이다.

"심지어 분신을 써서 네 자루가 난도질을 하면……."

그런 나단을 상대하는 방법은 여럿이 협력하는 지역 방어밖에 없었다.

서문엽이 이를 모르고 덤볐다 괜히 망신당하고 끝날까 봐 걱정되는 고펀 감독이었다.

그도 인류를 구한 영웅 서문엽을 존경했기 때문이다.

*　　　　*　　　　*

첫 공방은 가볍게 시작됐다.

서문엽은 창으로 나단을 겨누어 접근 못 하게 위협했다.

나단은 짧은 쌍도를 지닌 만큼 공격을 위해 접근해야 했다.

휘휙!

좌우로 움직여 보지만 창이 계속 쫓아오며 나단을 겨눈다.

상체 페인팅으로 속이려 해봤지만, 서문엽은 아랑곳하지 않고 움직이지 않는 하체를 바로 찔러 들어갔다.

오히려 나단이 이를 피해 한 걸음 더 물러나야 했다.

'페인팅이 전혀 안 먹히는데.'

보통은 나단의 스피드를 쫓기 버거워서 페인팅을 걸면 반응해 버린다.

하지만 서문엽은 민첩성이 97이라 버거움이 없었고, 기술 100이라 페인팅도 안 속았다.

서서히 나단이 쌍도를 쓰기 시작했다.

오른손의 도로 창을 옆으로 걷어내고 돌파하려는 순간이었다.

휘릭!

걷어내려는 순간, 창이 시계 방향으로 한 바퀴 돌아 다시 나단의 가슴을 겨냥했다.

간결하지만 완벽한 창술이었다.

'역시 만만치가 않구나.'

단지 접근 못 하게 막는 견제에서부터 완전무결함을 드러내는 서문엽.

"얘야, 너 뭐 하니?"

문득 서문엽이 말을 건넨다.

"무기술로 해보자고? 귀여운 새끼가."

그 직후, 서문엽이 먼저 움직이기 시작했다.

촤촤촥!!

연속 찌르기가 펼쳐지자 나단이 정신없이 물러났다.

아주 가깝지도 멀지도 않은, 아슬아슬하게 창 길이에 걸쳐진 찌르기.

공격하면서도 나단이 역으로 피하고 파고들 여유를 주지 않는 완벽한 거리감이었다.

물론 파고들면 방패로 찍어 죽여줄 준비가 되어 있었다.

나단이 계속 창을 옆으로 쳐내고서 그 틈에 파고드는 시도를 해보았지만.

휘릭!

어김없이 서문엽의 창이 시계 방향으로 돌며 다시 나단의 가슴을 겨냥했다.

능력치 중에서 가장 체감 효과가 큰 분야는 기술이었다.

아무리 힘세고 날래도 칼에 잘못 맞으면 한 방에 즉사하는 것이 냉혹한 실전이다.

그런 무기를 다루고 몸을 다루는 능력이 기술이니 다른 무엇보다도 중요한 게 당연했다.

서문엽의 기술은 100/100.

나단은 90/95.

현재 10이나 차이 나는 이 격차는 나단이 다른 모든 능력치를 다 동원해도 좁힐 수 있는 차이가 아니었다.

특히나 기술은 99와 100의 차이도 매우 클 정도였다.

이럴 때 나단이 택할 수 있는 가장 좋은 방법은, 서문엽과 상대하지 않고 더 쉬운 적을 처치하는 것이다.

쉬운 적부터 처치해 수적 우위를 달성하면 승리한다. 본래 배틀필드가 그런 팀 스포츠였고 말이다.

하지만 나단이 원하는 건 일대일 대결이었다.

'일단 공격을 할 수 있어야 흐름이 내게 올 텐데.'

양손잡이로서 쌍도를 자유자재로, 변칙적으로 휘두르는 솜씨는 나단 자신도 가장 자부심 있어 하는 무기술이었다.

하지만 서문엽의 거리 조절에 의해 원천 봉쇄 됐다.

왜 창이 전쟁사에서 가장 보편적으로 쓰인 냉병기인지 보여주는 모습이었다.

아무리 파고들 순간을 모색해 봐도 빈틈이 없자, 나단은 마침내 초능력을 펼치기 시작했다.

쑤욱!

나단의 몸에서 또 하나의 나단이 나온 것이다.

오러는 절반씩 나눠 가졌지만, 그 외의 피지컬은 전부 똑같이 유지한 채 둘이 되었다.

오늘의 나단을 만든 진정으로 사기적인 초능력이었다.

* * *

"허, 무기술로 겨루면 밀리는군."

고핀 감독이 놀라움을 금치 못했다.

초능력을 배제한 기본기 대결에서 서문엽이 나단을 압도하고 있었다.

일절 접근을 허용하지 않는 서문엽의 모습에서 여유가 느껴졌다.

"나단의 쌍도 기술은 세계 최고 수준인데."

"서문엽은 창 쓰는 게 대가의 경지에 이른 것 같아."

모로 형제도 감탄을 금치 못했다.

나단의 테크닉이 최고 수준이라 생각했던 그들은 서문엽과 비교해도 기술적인 측면에서는 밀리지 않을 거라고 생각했다.

서문엽은 전쟁 시대 던전 공략에 최적화된 초인이고, 나단은 그야말로 대인전 능력을 어릴 적부터 키운 선수였기 때문이다.

그런데 뚜껑을 열어보니, 서문엽의 창술은 대인전에서도 완벽했다.

"대인전에 대비한 훈련을 따로 하지는 않았을 텐데요."

함께 있던 코치들도 의문을 제기했다.

괴물과 지저인 상대하기도 바쁜 그 시절에 서문엽이 굳이 시간을 쪼개서 같은 인간끼리 싸우는 연습을 했을 가능성은 적었다.

고핀 감독은 어깨를 으쓱하며 말했다.

"완전히 통달을 하면 상대가 누구든 상관없어지는 모양이지. 아마 그 정도의 경지에 들어선 모양이야."

그때, 나단이 비로소 초능력 분신을 사용했다.

"나단도 포기하고 본격적으로 시작하네요."

"2 대 1, 4자루의 도, 양손잡이, 온갖 낯선 공격들이 몰아칠 겁니다."

코치들이 말했다.

그들 말대로 나단의 공격이 폭발적으로 쏟아지기 시작했다.

둘로 나뉜 나단이 양방향에서 쌍도를 마구 휘두르기 시작하자 서문엽은 무척 바빠졌다.

양쪽에 창날이 있는 창 구조를 활용해 정면을 찌르고 뒤로 찌르고를 반복하며 두 분신을 공격.

방패도 바쁘게 공격을 블로킹하며 공방을 주고받았다.

나단은 계속 빠른 풋워크와 함께 방향을 전환해 가며 불규칙한 맹공을 퍼부었다.

점점 눈으로 식별하기 힘든 스피드로 공방이 치달았다.

세계 최고의 민첩성을 지닌 나단의 분신 연격.

거기에 서문엽도 엄청난 반사 신경을 발휘하며 맞서 싸웠다.

"허어……."

"보이지도 않아!"

"나단의 맹공을 다 받아내고 있는데?!"

"저렇게 오래 공세를 받아낸 선수는 없었는데."

고핀 감독도 코치진도 두 사람의 공방을 경이로워했다.

팀플레이로 전술적인 한 타 싸움을 벌이는 다른 선수들과는 완전히 동떨어진 별세계의 대결을 치르는 서문엽과 나단.

하지만 스피드에서 서문엽은 살짝 밀리고 있었고, 마침내…….

서걱!!

나단이 파고들 기회를 포착하고 득달같이 달려들자, 창을 쥐고 있던 서문엽의 오른팔이 떨어져 나갔다.

*　　　　*　　　　*

'이런 씨발?'

베인 오른팔이 그대로 소멸되자 서문엽은 속으로 욕설을 내뱉었다.

오른팔이 베여 버렸다.

어찌어찌 반사 신경과 임기응변으로 대응하고 있었는데, 갑자기 쌍도의 움직임이 불규칙한 템포로 변화하면서 당하고 말았다.

'이 자식 양손잡이였네.'

서문엽의 머릿속에 나단에 대한 많은 정보가 입력되었다.

쌍검이든 쌍도든, 양손에 각각 무기를 쥐면 비중은 보통 주로 쓰는 손에 많이 쏠리는 법이다.

그런데 비중을 자유자재로 바꾸며 불규칙성을 계속 늘려 버린 것이다.

거기에 분신까지 더해져 2 대 1로 싸우니 밀릴 수밖에 없었다.

방패를 들고 있는 왼팔만 남았다.

방패 하나만 들고서 둘로 나뉜 나단을 이기기란 요원한 일.

졌다고 봐도 되는 상황이다.

하지만 당했다고 생각한 순간에도 110의 정신력을 지닌 서문엽은 침착했다.

'적어도 분신 하나는 처치해야 견적이 나온다.'

그러려면.

'도박이군. 판돈을 올려주마.'

서문엽은 오른팔을 잃고 당황하여서 제대로 대처하지 못하는 연기를 했다.

세계 최고의 킬 결정력을 지닌 나단이 이 기회를 놓칠 리 없었다.

빈틈이 노출된 서문엽에게 마무리를 가하기 위하여 대시했다.

4자루의 도가 휘둘러진다.

바로 그때.

파앗!

꼼짝없이 당할 것 같았던 서문엽이 왼쪽으로 몸을 날려 공격권에서 벗어나면서, 방패를 냅다 던졌다.

뻐어억!!

날아든 방패에 맞은 나단의 분신이 소멸되었다.

"큭!"

나단이 멈칫했다.

―분신: 한쪽이 죽으면 다른 쪽도 타격을 입어 오러를 10%만 보존한 채 흩어진다.

분신 하나가 죽어 소멸되면서 사기 같았던 초능력의 리스크가 발동된 것이다.

나단의 몸에서 오러가 흩어져 버렸다.

10%가량의 오러만 남게 되었다.

전세 역전을 위한 서문엽의 도박 수는 성공을 거둔 것이다.

서문엽은 왼손으로 새로운 창을 꺼냈다.

'버텨보자. 이제 버틸 수는 있어.'

여전히 서문엽이 불리했다.

나단도 10%의 오러만 남고 다 소모되어 버린 리스크를 짊어졌지만, 오른팔을 잃어 몸의 균형이 무너진 서문엽보단 나았다.

일단 이번 판은 버텨야 했다.

왼손으로 창을 쓰려니까 어색했지만, 승부에서 지지 않기 위하여 집중을 발휘했다.

'할 수 있어. 창술은 찌르기와 간격 유지만 하면 돼.'

서문엽은 왼손으로 창을 다루는 일에 온 집중을 기울였다.

110짜리 정신력이 발휘되었다.

한계 이상의 능력을 발휘하게 해주는 초인적인 집중력이 발휘된 것이다.

"차아!"

나단이 덤볐다.

왼손으로 창을 쓰는 서문엽은 이길 수 있다고 판단한 듯했다.

하지만.

쉭쉭!

빠른 연속 찌르기로 나단을 멈춰 세웠다.

쌍도로 걸어내려고 했으나, 창이 교묘하게 이를 피하며 나단을 계속 견제했다.

나단의 얼굴에 당혹감이 어렸다.

어째서일까.

오른손으로 창을 쓸 때보다 더 창술이 날카로워진 느낌이 들었다.

서문엽은 100㎝ 던지기 테크닉까지 왼손으로 구사하며 오히려 나단을 몰아붙였다.

그때 마침 한 타 싸움의 승패가 갈렸다.

치치 루카스가 맹활약한 서문엽 팀의 승리였다.

동료가 모두 죽고 홀로 남은 나단은 혀를 찼다.

결국 나단은 협공을 받아 데스당했다.

그렇게 첫 번째 대결이 종료되었다.

"와, 뒈질 뻔했네!"

접속 모듈에서 나온 서문엽이 십년감수한 표정으로 투덜거렸다.

반대편 접속 모듈에서 나온 나단이 여전히 놀란 얼굴로 물었다.

"양손잡이셨나요?"

"그건 너지."

"왼손으로도 창을 잘 쓰셨잖아요?"

"응, 해보니까 되더라."

실은 정신력 110에서 나온 집중력 덕분이었다.

그렇지 않았으면 졌을지도 모른다.

고핀 감독이 그런 서문엽을 칭찬했다.

"멋진 대결이었소. 나단을 일대일로 마크할 수 있는 사람이 별로 없었는데, 이 일로 당신이 더욱 탐나오."

"됐고, 이거 한 판 더 할 거지?"

"예, 그럴 겁니다."

"오케이. 한 판 더 싸워서 승부를 가리자고."

10분간 휴식이 주어졌다.

화장실로 향하며 서문엽은 생각했다.

'일단 녀석의 쌍도법이 어떤 느낌인지 알았으니 방금 전보다는 더 상대하기 쉬울 거야.'

오른팔을 베였을 때 꼼짝없이 지는 줄 알았다.

이는 나단의 스타일이 너무 생소하기 때문이었다.

'하지만 익숙해졌다고 해서 쉽게 막아낼 수 있는 공격은 아니었지.'

둘로 나뉜 나단이 둘 다 100의 민첩성으로 공격을 퍼붓는 것은 무척 위협적이었다.

'집중력이 아니었으면 큰일 날 뻔했어. 다음 판에서는 처음부터 집중해야겠다.'

화장실 세면대에서 세수를 하고 거울을 올려다보았다.

언제나처럼 분석안으로 거울에 비치는 자신을 점검하는 서문엽.

그런데.

—대상: 서문엽(인간)

—근력 79/79

—민첩성 97/97

—속도 76/77

—지구력 91/91

—정신력 110/100

—기술 100/100

—오러 100/100

—초능력: 분석안, 던지기, 불사, 증폭

"어라?"

거울을 본 서문엽이 깜짝 놀랐다.

못 보던 초능력이 하나 더 있었다.

—증폭: 가진 능력 가운데 하나를 골라 위력을 증폭시킨다. 신체 능력 중 하나를 고를 시 +10, 초능력을 고를 시 위력 강화.

'이게 뭐야?'

뜬금없이 못 보던 초능력이 생겼다.

집중력을 끌어 올려서 한계 이상의 능력을 발휘한 요령이 초능력으로 나타난 것이었다.

『초인의 게임』 3권에 계속…